小学館文庫

猫に嫁入り
〜黄泉路横丁の縁結び〜

沖田 円

小学館

もくじ

目の前には、客のいない古書店と、シャッターの閉まった酒屋があった。

先ほどもらったばかりの地図を再度確認する。何度確かめても、やはりこの二軒の間……路地とも言えない狭い隙間の奥を、手描きの地図は示している。

昭和のにおいの残る建物のはざまは、人ひとり通るのがやっとの狭さしかなかった。目を細めて奥を覗《のぞ》き込んでみても、薄暗く、先がどうなっているのかは見通せない。

古書店の店員に訊《き》いてみようか。そう考えてはみたものの、どう訊《たず》ねればいいのかわからず、とても声をかけることができなかった。

弥琴《みこと》は辺りを見回す。寂れた細い通りは、車がぎりぎりすれ違える幅の車道があるだけで、歩道は整備されていない。商店が多いが閉まっている店がほとんどで、休日の昼間でありながら、あまり人の姿を見かけなかった。当然、道の脇にぼうっと突っ立っている弥琴のことを気にかけている人間も誰もいない。

持っていた地図を畳み、鞄《かばん》の内側のポケットへとしまった。そこには、地図と一緒にもらった、不思議な木札も入っていた。

一度胸に手を当て、ぎこちなく深呼吸をする。

右側から一台の軽自動車が来たから、なんとなく待ち合わせしているふうを装いそれを見送る。軽がそのまま走っていくのを確認し、弥琴は覚悟を決め、建物の隙間へ飛び込んだ。

行く手を阻む室外機を二台乗り越え、新品のワンピースに汚れが付くのを嘆き、何かを踏んだ感触に怯《おび》えつつも、暗く湿った建物の間を進んでいく。

そしてようやく隙間を抜けた。明るく開けた場所へ一歩踏み出し、弥琴はほっと息をついて顔を上げた。

その先にある出会いに、少しの不安と、期待を抱きながら。

第一話
猫に嫁入り

「あの子、会社辞めたんだって」

オフィスのトイレで一緒になった先輩がぽつりとつぶやいた。弥琴は蛇口を締め隣を見たが、先輩は弥琴に振り向くことなく、気だるげに手を洗っていた。

彼女の言った「あの子」が、弥琴の同期であり、同じ部署で働く仲間であることはわかっていた。四年前、共に新卒でこの会社に入り、仲良くしていた女の子だ。明るく社交的な子だったが、三ヶ月前、急に会社に来なくなった。精神を病んで家から出られなくなってしまったのだと、弥琴は後々噂《うわさ》で知った。

ずっと一緒に働いていたのに、追い詰められていたことに気づけなかったことを申し訳なく思った。しかし気づいたところでどうすることもできなかっただろう。そもそも、心が崖っぷちに立たされているのは、弥琴だって同じなのだ。

(病気になったことを、素直に可哀《かわい》そうだと思えないなんて)

そんなことを考える自分が嫌になる。だが、どうしようもない本心でもあった。

(いっそのこと倒れてしまえたら、わたしも現状から逃げる選択ができるのかな)

しかし生憎《あいにく》と丈夫な体は毎朝きちんと起き上がり、くたびれながらも日々をこなす。

そんな自慢の健康体に支えられるように、すっかり擦り切れた心も、ぎりぎりで形を保ち続けている。

「あのね、わたしも辞めるんだ」

長い間手を洗い続けていた先輩が水を止めた。必要以上に洗われた手は、指先が赤くなっていた。

「辞めさせられる、のが正しいけど。わたし来月結婚するって言ったよね。そしたら部長が、じゃあ辞めるってことだよねって。結婚したら、女はいつ妊娠するかわからないし、子育てが始まるとすぐに休むから迷惑だ、必要ないって言われて」

先輩は、鏡に映る自分の顔をじっと見ていた。もうすぐ結婚を控えた幸せな女性であるはずなのに、随分疲れ切った顔だった。

「結婚しても仕事は続けたかったけど、こんな会社なら、辞めるほうが正解かもね」

そして先輩は弥琴に振り向いた。

弥琴は何も言えず、薄く唇を開き、呆然《ぼうぜん》としていた。

「日下部《くさかべ》さんも、駄目になっちゃう前に考えたほうがいいよ」

立ち去る先輩を見送り、弥琴は手洗い場の鏡に映る自分を眺めた。輪郭に沿って切り揃《そろ》えていたはずのショートボブは、いつの間にか肩につくほど伸びている。最後に美容院に行ったのがいつだったか、まったく思い出せなかった。

しばらくしてから自分のデスクへと戻った。トイレからの戻りが遅かったことに対し小言を言ってくる上司に頭を下げ、付箋のたくさん貼られたデスクトップと向き合った。いつも以上に手足が重く感じ、ため息の回数が多くなる。しかし手を止めると上司の視線が刺さるから、意地でも目の前の業務をこなした。ひどく、憂鬱な気分だった。

思えば入社直後からどこかおかしかった。

新入社員は誰よりも早く出社することを義務付けられ、また仕事が終わっても上司より先に帰ることは許されない。覚えなければいけない業務をろくに教えてはくれないのに、ミスをしたりわからないことがあると必要以上に怒られる。

後輩ができればマシになるだろうか。そう思ったこともあったが、むしろ状況は悪化した。自分もまだ一人前とは言えないのに、人手が足りないことを理由に下を育てる責任を負わされ、後輩のミスは自分のミスに、ついでに上司のミスまで自分のミスにされる。まともな人間はとっくに辞めていたから、庇《かば》ってくれる普通の上司はいるはずもない。

長時間の残業も休日出勤も当たり前。心を病むのは弱いから。辞めたいと言った人は他の社員の前で罵倒され、逆に妊娠や子育てによる会社への貢献度の低下を理由に辞めたくない人が辞めさせられる。

自分の勤める会社がいわゆるブラック企業であると気づいた頃には、すでに気楽に退職できる環境にはなかった。

もともと自己を主張するのが苦手なこともあり、周囲の環境に流され続けた。押し付けられたことを任されていると勘違いし、無理していることを頑張っていると言い聞かせ、自分が認められないのは努力が足りないからだと思い込んできた。

そんなはずはないのに、と、心のどこかで気づいてはいたが。

自分はただの使い捨ての道具であり、壊れたら取り換えられるだけの物でしかないのだ。誰も「日下部弥琴」という個人を求めてはいない。誰も自分のことなど見ていない。別に誰でもいい。そんな存在でしかない。

精神は、確実に磨《す》り減り続けていた。人生になんの楽しみもない。ただ呼吸をして、機械のように同じ一日を繰り返す日々。

これまでは、どうにか自分を誤魔化し奮い立たせてきたけれど、少しずつ足が鈍ってきているのがわかっていた。

もう、限界なのかもしれなかった。

弥琴はふらふらと自宅までの道のりを歩いていた。時刻は午後十一時過ぎ。定時は大幅に過ぎているが、帰宅時間としてはいつもより早いくらいだった。

慣れた夜道は飲み屋が多く、この時間は今日もほどよく賑《にぎ》わっている。酔っぱらったサラリーマンの楽しげな笑い声を聞きながら、弥琴はひとり、自分のつま先だけを見て前に進む。

（仕事、辞めたいな……）

初めてはっきりとそう思うようになった。一度自覚してしまえばもう戻れない。今の生活を続けていくことはできない。

しかし、実際に退職するとなると、どうしても躊躇《ちゅうちょ》してしまう。現在弥琴が住んでいるのは会社が管理しているアパートだ。退社したら追い出されてしまうから、辞める前に新居を探す必要がある。ちまちま貯《た》めた貯金は、引っ越しをしたらすっからかんになるだろう。次の仕事も早々に見つけなければいけない。が、健康なこと以外取り柄のない自分を雇ってくれる会社などあるのだろうか。そこが、今の会社と同じではないと、見極める力が自分にあるだろうか。

「はあ……」

会社を辞めたいが、辞めることを考えるのも辛《つら》かった。辞めて何をしたいのか、本当に変われるのか、自分に問い質《ただ》した答えも見つからない。

たった一歩が重かった。迷いなく新しい道に踏み出すきっかけが、どこかにあればいいのに。

「……あれ？」

ふと、弥琴は足を止めた。顔を上げ、周囲を見回す。

「ここ、どこだっけ」

いつもどおりの帰り道を通って来たはずだ。だが、ぼうっとしている間に一本違う路地へ入ってしまったのだろうか、見覚えのない通りに立っていた。

小さめのビルばかりが建ち並んでいるようだ。建物に明かりはほとんどなく、等間隔に立つ街灯ばかりがいやに目立って見える。道に人の姿はなく、車通りもない。不気味なほどに静かだった。

（ちょっと怖いな……）

けれど引き返すのも面倒で、弥琴はそのまま見知らぬ道を進むことにした。遠くへ来たわけでもないし、そのうちいつもの道へ繫《つな》がるだろう、そう思っていた。

すると、一棟だけ煌々《こうこう》と明かりのともるビルを見つけた。三階建てのモルタル外壁のビルで、電気が点《つ》いていたのは最上階の部屋だった。

弥琴はなんとはなしに立ち止まる。ビルを上がっていく階段の手前に、立て看板が置いてあった。

『玉藻《たまも》結婚相談所』

と、看板には書かれている。電気の点いた三階のフロアを指しているようだ。

弥琴は、ぼんやりと文字を見つめながら、今日先輩から聞いたことを思い出していた。会社を辞めることになる先輩の退職理由。辞めさせられる、そのわけを。

（結婚したら、辞められる）

学生の時以来、恋人はいない。社会に出てからは仕事に精一杯で、恋愛をする余裕もなかったのだ。

だから当然、その先にあるものなど、自分には縁がないと思っていた。

（でも、もしも、結婚できれば）

退職時に引き留められることはなく、むしろ会社のほうから追い出してくれる。自宅を失うが、相手の家に同居させてもらえればホームレスになることもないだろう。ある程度経済的に頼れる相手なら、次の仕事もゆとりを持って探すことができる。

結婚さえ、できれば。

（いやいや、何考えてるんだ）

ぶんぶんと首を振る。

今の会社を辞めるために結婚しようだなんて不謹慎にもほどがある。そんなよこしまな理由で、自分も、相手の人生までも大きく変えてしまう決断をするべきではない。

そもそも結婚なんて簡単にできるものではないはずだ。こんな自分と結婚してくれる人なんて、現れるとも思えない。

「……」

でも、話を聞くくらいなら。

別に相談してみたところですぐに結婚が決まるわけではないし、相手が確実に見つかる保証もない。ちょっと興味を持ってみるくらいならば、誰にも責められはしないだろう。

弥琴は腕時計を確認した。時刻は十一時半になろうとしている。

ちらりと看板に目を遣《や》る。店舗名の下に、同じフォントでこう書かれている。

『二十四時間営業して〼』

弥琴は肩に掛けた鞄の持ち手を握り締めた。ちりちりと蛍光灯の点滅する階段を、足音を響かせないようにのぼっていく。

ごく普通の事務所のようだった。小さなカウンターがあり、来店客用の椅子が一脚のみ用意されている。室内は明るく、観葉植物もあり、落ち着いた雰囲気と清潔感を備えていた。

弥琴の他に客はおらず、スタッフがひとりカウンターの向こうに控えていた。スーツをきっちりと着こなした、色白で目の細い男性だった。

その男性が弥琴を見て、やや驚いた反応をしたことから、弥琴はここへ来たことを瞬時に後悔した。

(予約が必要だったのかな……いや、もしかして、わたしみたいなのは場違いだったりするのかも)

場所を間違えた振りをして出て行こうか、と迷っている間に、男性はにこやかな笑みを浮かべて立ち上がる。

「やあやあ、いらっしゃいませ。さあどうぞ、お掛けになって」

存外フレンドリーな対応をされ、弥琴は戸惑いながらも、結局手招きされるがままおずおずと椅子に腰掛けた。男性は弥琴のために緑茶を用意してから、カウンターを挟んだ正面に腰を下ろす。

「結婚に関するご縁の相談でお間違いございませんか?」

「は、はい。あの、わたし、相談させていただいても大丈夫ですか」

弥琴が訊ねると、男性は元々細い目をより細めて笑った。

「もちろんですとも。ああ、申し訳ございません、リタクシが少々驚いてしまったことでお客様を不安にさせてしまいましたでしょうか。いえ、少ぉしだけ珍しいお客様でしたもので。大変失礼いたしました」

「め、珍しい?」

「ええ。けれど心配ご無用ですよ。ウチはどんなお客様でも大歓迎。真心込めて応対させていただきます」

どう珍しいのか気になったが、訊くのが怖かったので忘れることにした。

男性は一枚の名刺を弥琴に差し出す。シンプルな縦型の名刺には『玉藻結婚相談所』というこの事務所の屋号と、彼の名前が記されていた。

「ワタクシ、狐塚《こづか》と申します。以後お見知りおきを」

狐塚がうやうやしく頭を下げる。弥琴もそれにつられ、カウンターに額が付きそうなくらいお辞儀をした。

さて、と狐塚が言う。

「ではまず、お客様のお名前を伺っても？」

「あ、はい、日下部弥琴と申します」

「日下部様、ですね」

狐塚は柔らかな口調で弥琴へ語りかける。

棘《とげ》のない狐塚の態度に、弥琴は少しずつ緊張が解けていくのを感じていた。

「日下部様は、どうしてウチをお選びに？」

「いや、あの、たまたまなんですけれど。仕事帰りに道を間違えたようで、この路地に入ってしまって。偶然このビルの前を通りかかって、看板を見つけて……」

「ご興味を持っていただけたと。他の結婚相談所を利用されたことはございますか？」

「いえ、初めてです。実は、ここを見つけるまで、結婚自体考えたこともなくて」

「ほう。ではなぜ、相談しようと思っていただけたのでしょう」

「その、ですね……」

弥琴は正直に話すことにした。自分の職場がブラック企業であり、若い独り身である自分は簡単には辞めさせてもらえないこと。しかし女は結婚すると辞めさせられること。今の辛い環境から抜け出す方法として、結婚という手があると気づいてしまったこと。

話しているうちに止まらなくなり、最悪の会社に日々どれだけ苦しめられているのかなど、言わなくていいことまで喋《しゃべ》ってしまった。余計なことばかりで取り留めもない弥琴の話を、しかし狐塚は親身になって聞いてくれた。

「まあまあなんと、それは、お辛かったでしょうねぇ」

しみじみと言われ、弥琴は思わず泣きそうになった。

「はいぃ……もう、わたしってなんのために生きてるんだろうって思っちゃって」

「なんのためも何も、幸せになるために決まっていますよ。ねえ、これまでよく頑張りましたね。これからはきちんと、自分の幸せについて考えていきましょうね」

「うぅっ……ありがとうございます……」

堪《こら》えた涙の代わりに鼻水が出てきた。狐塚が寄越《よこ》してくれたティッシュで勢いよく鼻をかむ。

「なんか、あの、すみません。いらないこと喋っちゃいましたね」

「いえいえ、とんでもございませんよ」

少し冷静になると、途端に恥ずかしさが込み上げてきた。だが、これまでどこにも漏らすことのできなかった胸の内を吐き出したことで、どこかすっきりもしていた。

「で、でも、こんな理由で婚活しようだなんてよくないですよね。すごく自分勝手で」

弥琴の問いに、狐塚は首を横に振る。

「結婚相手を探すのに、自分勝手に考えないひとなんていませんよ。心配ありません、もっととんでもない理由で結婚を望む方だってわんさかおりますから」

「そうなんですか？」

「ええ。例えば、そろそろ繁殖の時期だから、子種が豊富で美味《おい》しそうな夫が十名ほど欲しい、ただし自ら進んで身を差し出すもの以外は面倒だからNG、とかね」

「はあ……それはそれは」

不思議なセンスの冗談を言う人なのだなと、弥琴は硬く笑った。

では、と狐塚がタブレット端末を取り出す。映し出された画面に、狐塚は慣れた手つきで弥琴の名前を入力していく。

「日下部様のプロフィール作成を致しますね。お相手の方に望む事柄についても伺っていきましょう。先ほどのお話を聞く限り、頼りがいのある男性が好ましそうですね」

「は、はい。年上とか、ですかね。わがままを言うと、転がり込めるくらいの広さのあるご自宅に住んでらっしゃるとありがたいです。養ってほしいとまでは言いませんが、ある程度経済力があるほうが……」

「ふむふむ。あ、ちなみにウチは登録に関しては無料なのでご安心を。月会費等もありません。ご成婚された方からのみ謝礼を頂いております」

「そうなんですか……商売としては、大変そうですが」

「それだけ自信があるということです。良縁を結ぶ自信がね」

狐塚が言葉どおりの表情で微笑《ほほえ》んだ。

弥琴はごくりと唾を飲む。

結婚なんて現実的ではないと思っていた。ここへだって、本気で結婚できると思って訪ねて来たわけではない。だが。

（……もしかしたら、もしかするかも）

自分が前向きに、一歩踏み出せさえすれば。

「では、日下部様のプロフィールはこのような具合でよろしいでしょうか？」

色々と訊ねられたのち、完成したプロフィールを確認させてもらった。タブレットの画面には、弥琴の情報や、弥琴が相手に望む条件などが記入されている。

（思っていたよりもシンプルだなあ）

こういったものに登録する際には、もう少し細かく個人の情報を書き記すものだと思っていた。職業や年収、家族構成や結婚歴等も相手探しに重要な気がするが、弥琴個人に関する事柄については、名前と年齢のほか、『長所・健康』としか書かれていない。

（写真とかもないけど、いいのかな）

いささか心配になる情報量の中、しかし足りない項目に代わり、ひとつ、見慣れない記載事項があった。

「あの、この『種・人間』というのは……」

「ああ、お気になさらず。さして重要ではございません」

「はあ」

気にせずにはいられないが、こういうとき深く追求できない性質であった。弥琴は納得した振りをして曖昧に頷《うなず》く。

「ウチのマッチング方法といたしましては、ご登録内容を参考に、我々のほうで日下部様に合う殿方をお探ししまして、ご紹介させていただく形となります」

狐塚がタブレットを操作し、契約内容が書かれた画面に切り替える。

「お相手が気に入らなければ遠慮なく断っていただいて構いませんし、向こうから断られる場合もあります。気に入る相手が見つかるまで、ワタクシが誠心誠意お世話をさせていただきます」

「なるほど……」

「もちろん退会も自由です。ご成婚に至らず退会される場合には金品は一切いただきません」

画面の内容をつらつらとかいつまんで話す狐塚に、弥琴はふんふんと相槌《あいづち》を打つ。

つまり、この相談所をきっかけとした結婚が決まらない限り、料金は発生しないということだ。他所の結婚相談所がどのようなシステムであるのかは知らないが、ここは随分と良心的、もしくは、挑戦的とも言える。

「数日中にお相手の方をご紹介することになるかと思います。日下部様への連絡方法はどういたしましょう」

「あ、えっと、電話だと会社にいる間は出られないので、メールがいいかと。メールもすぐには見られないですけど」

「ウチは早朝や深夜のご連絡でも構いませんよ。二十四時間やっておりますから」

「そ、そうですか？　じゃあ電話で……」

「かしこまりました。ではこちらに連絡先のご記入をお願いいたします」

メモを渡され、そこに自分の電話番号を書いた。連絡可能な時間帯は、午前零時から一時の間にしておいた。

「夜中なうえに短くてすみません……」

「いえいえ、ウチは問題ありません。ただ日下部様のほうは、もっと自由に電話くらいできる環境に早く変えなければいけませんね。体を壊してからでは遅いですよ」

「は、はい。そうですよね」

心の病気で退職した同僚は、未来の自分の姿だ。何も行動しなければ、近いうちに彼女と同じように崩れてしまうだろう。どうにかしなければいけないことは、自分が一番わかっている。

この方法が、最良かどうかはわからない。未来を変えられるかもわからない。けれど、何もしないよりは希望がある。きっと、たぶん、おそらくは。

「では、問題がないようでしたら、こちらにご署名を」

弥琴はタッチペンを受け取り、タブレット端末の署名欄に『日下部弥琴』と自分の名前を書き記した。意を決して書いたつもりだった文字は、どこか頼りなかった。

「あ、そうそう」

と、画面を確認していた狐塚が思い出したように言う。

「最後にひとつ質問があるのですが」

「はい」

「犬、猫、狐《きつね》、タヌキ、カラス、蛇、魚、トカゲの中だと何が一番好きですか？」

「はい？」

唐突な問いかけに首をかしげる。ペットを飼っている人相手に、好みの把握でも必要なのだろうか。

「猫、ですかね」

「そうですか。わかりました」

両目と口とを大きく三日月形に歪《ゆが》ませて、狐塚が笑う。

「さぁてさて、佳《よ》きご縁が見つかりますと、いいですね」

登録を済ませた頃には、時刻はとっくに零時を過ぎていた。飲み屋街はいまだ賑わっているはずだが、事務所の窓からはやはりこの通りの街灯の明かりしか見えなかった。

「あの、狐塚さん、ありがとうございました。どうぞ、よろしくお願いいたします」

弥琴は立ち上がり、深々と頭を下げた。出会ったばかりだが、随分世話になったような気がしていた。

「こちらこそ。日下部様にぴったりのお相手を探しておきますよ」

「へへ……楽しみにしています」

鞄を肩に掛け、狐塚が開けてくれたドアから外に出る。

「そうそう、お帰りの際は、ビルを出て左に真っ直《ます》ぐ、振り返らずに進んでいただきますと、いつもの道に戻れますよ」

ビルの階段を下りようとする弥琴に、狐塚がそう声をかけてくる。

「いいですか、決して振り返りませんよう」

「はあ、了解しました」

「では、お気をつけてお帰りくださいませ」

弥琴は狐塚に見送られ、ビルの階段を下りた。一階まで下りると、狐塚に言われたとおり、道を左側へ進んだ。

同じようなビルが建ち並ぶ通りは、相変わらず静かで暗かった。街灯のおかげで真っ暗ではないが、このかすかな明かりがより不気味さを際立たせているような気もする。

それでも、今の弥琴には恐怖はなかった。心が浮足立ち、周囲の様子など気にも留まらない。

（まさか、本当に婚活を始めちゃうなんて）

話を聞くだけのつもりだったのに、結局登録までしてしまった。どうも狐塚のペースに流されてしまった気がしないではないが、そうでもなければ思い切ることはできなかっただろう。

これは、神様の与えてくれたチャンスなのかもしれない。今日のことをきっかけに、本当に今の生活から抜け出せる可能性もある。

（頑張ろう。狐塚さんも、いい人そうだったし）

しかしなんだか、不思議な人でもあった。いや、狐塚だけではなく、あの結婚相談所自体がどこか奇妙な場所であった。

あの場にいたときは何も感じず、むしろごく普通であるとさえ思っていたけれど、離れてから思い返してみれば、まるでまぼろしでも見ていたかのような、言いようのない違和感を覚えた。

おかしいことに気づいても、何がおかしいのかはわからない。摑《つか》みどころのない、夢の中にいるときのように。

「……」

弥琴は立ち止まり、後ろを振り返ろうとした。だがふと、狐塚に言われたことを思い出す。

──決して振り返りませんよう。

振り返ったところで何かがあるわけでもないだろう。しかし、なんとなく背筋に寒気を感じ、弥琴は前を向き直して早足で通りを進んだ。

狐塚の言うとおり、いつの間にか飲み屋街へ戻っていた。

慣れた道に出たところで、ようやく後ろを振り返ってみる。が、そこには見慣れた居酒屋の提灯《ちょうちん》と酔っ払いの集団がいるだけで、深夜の雑踏の中、結婚相談所のあった通りを見つけることはできなかった。真っ直ぐ歩いていただけなのに、どう道が繋がっていたのか、さっぱりわからなかった。

狐にでも化かされたみたいだ。そう思いながら、弥琴は踵《きびす》を返し、寄り道をしないでアパートまで帰った。

＊

三日間、弥琴の日々に変化はなかった。

弥琴はいつもと同じように会社に行き、確実に定時までに終わらないだろう仕事を押し付けられ、上司の嫌みを聞き、後輩の代わりに謝罪し、トイレの個室に入る数分間だけが落ち着ける、そんな毎日を過ごしていた。

あまりにこれまでと変わらない日々だったから、三日前に訪ねた不思議な結婚相談所のことなど忘れかけていた。

午前零時。日付が変わったところで、弥琴は会社を出た。タイムカードは数時間前に押してある。記録に残らない残業には慣れていて、すでに疑問にすら思わない。

（日付が変わる前に家に帰りたかったな……）

あくびを嚙《か》み殺しながらアパートまでの道のりを歩いた。明るい飲み屋街は、今日も元気な酔っ払いが大勢騒いでいた。

ふと、肩にかけた鞄から何か音がしているのに気づく。覗《のぞ》くと、マナーモードにしたままのスマートフォンが震えながら画面を光らせていた。

弥琴は立ち止まり、慌ててスマートフォンを取り出す。着信が来ているようだが、なぜか番号が文字化けしたように表示されていて相手がわからない。

（え、携帯壊れた？　どうしよう）

迷いつつも、とりあえず応答ボタンを押した。たぶん会社の誰かからだろうなと、重い心持ちで「はい」と答えると、思いがけず明るい声が電話口から返ってくる。

『もしもし、こんばんは。ワタクシ玉藻結婚相談所の狐塚でございます』

滑らかな口調で語られたその名に、弥琴は一瞬きょとんとしたが、すぐに思い至りスマートフォンを持ち直した。

「あ、こんばんは。日下部です」

『知っていますよ。日下部様、先日はどうもありがとうございました』

「いえ、こちらこそ」

『早速ですが、日下部様にご紹介したい方がおりまして』

狐塚の言葉に心臓が跳ねる。

忘れかけていた希望をふつふつと思い出してきた。そうだった、婚活を始めたのだ。

この辛い日々から抜け出すために。

『もうね、ウチ随一の優良物件なんですよ。ぜひ一度お会いしてみてはどうかと』

「そ、そうなんですか。はい、わかりました」

『やあ、ありがとうございます。でしたら、平日休日問わず、昼間にお時間をつくっていただきたいのですが、ご都合はいかがでしょうか』

弥琴は言葉を詰まらせた。休日出勤も当たり前の会社で働いている身だ、昼間どころかいつの時間帯であってもまとまった時間をつくるのは難しい。休日でも、呼び出しにすぐに応えられなければ叱られてしまうのだ。

でも、こんな生活を変えたいと思っている。

変えるための婚活だ。

「大丈夫です。今度の日曜、予定を空けます」

『日曜ですね、了解いたしました。先方にもお伝えしておきますね』

「あの、お相手の方とどこかで待ち合わせをする形になるんでしょうか」

『ええ、そのことについてはまたご案内いたしますので、当日、一度ウチの事務所まで来ていただけますか』

「はあ、わかりました」

このままいきなり面会となると緊張してしまうから、一旦クッションを挟めるのはありがたい。おそらくそのときに相手のことも詳しく聞かせてもらえるのだろう。どんな人だろうか。今はまだ、期待よりも、不安のほうが大きい。

『では日曜の、まだ日が昇っている時間帯にお越しください。ワタクシがお出迎えいたしますので』

「はい」

と答えたところで、「あっ」と大事なことを思い出す。

「すみませんが、事務所の住所を教えてもらえますか？　この間、どの道で行ったのかよくわからなくて」

『おや』

訊ねる弥琴に、狐塚は「ふふっ」と小さく笑った。

『いいえ日下部様。あなたは必ず来られますよ。だってもう、一度ウチへ来ているんですから。来られないはずがありません』

「いや、あの、でもですね」

『ご心配なく。あなたが行きたいと思えば、辿《たど》り着けるでしょう』

無茶言うな、と弥琴は思ったが、狐塚はなぜかそれ以上教えてくれる気はないらしい。

『では、お待ちしておりますね』

そう言って、電話が切られた。

弥琴はホーム画面に戻ったスマートフォンをしばらく見つめ、おもむろに着信履歴を確認する。しかし、今狐塚から受けたばかりの電話は、なぜか履歴に残っていなかった。当然かけ直すこともできない。

「本当に壊れちゃったのかな……携帯」

ため息を吐きつつスマートフォンを鞄にしまう。なんとかなるだろうと楽観的に考えることはできなかったが、仕事で疲れているせいで今は頭を使いたくなかった。

日曜までの日にちを数えてみる。今日が木曜だからあと三日。いや、もう日付をまたいでいるから、正確には二日。あさってになる。

（何着て行こう）

胸のどきどきが、期待からなのか不安からなのか、自分でもわからなかった。おそらく九割が不安であるとは思うけれど。

「……うしっ」

弥琴は小声で気合を入れ、いつもの帰路を小走りに抜けていく。

＊

当然のように休日出勤した土曜をなんとか生き抜き、約束の日曜日を迎えた。

上司には、日曜は絶対に出勤できませんと伝えてある。ただし了解の返事は最後までもらえなかった。出勤できないことに対して怒っていたのか、それとも弥琴の声があまりにも震えていたせいで意思が伝わっていなかったのか。どちらにせよ休日に休みを取るという当たり前のことに納得してもらえていないのは確実なので、弥琴は思い切って、朝からスマートフォンの電源を切っておくことにした。月曜のことを考えると吐きそうになったが、ここで耐えなければ、自分に明るい未来はない。そう信じることにした。

午前中には行けるようにと思い早起きしたのだが、張り切り過ぎて失敗したメイクを三回直したうえ、衣装ケースをどれだけ漁《あさ》っても見つけられなかったお洒落《しゃれ》で上品な服の買い出しに急遽《きゅうきょ》出かけたがために、結局、結婚相談所へ向かったときには昼の十二時をとっくに回ってしまっていた。

着慣れないベージュのワンピースと履き慣れないパンプスで、通勤路である飲み屋街をひょこひょこと早足で進む。

(狐塚さんもお相手の方も、待ってるかなあ)

日の出ているうちに、という曖昧な約束ではあったが、この日を指定したのは弥琴であるし、あまり遅くなるのは失礼だろう。

(あ、でも、事務所の場所がわからないんだった)

あれから一度、ネットでホームページを検索してみた。それらしいものは、結局見つけることができなかった。他に不具合がないため使い続けているスマートフォンにも、やはり先日の狐塚からの着信履歴は残っておらず、こちらから連絡することはできない。もらった名刺にも、なぜか連絡先も住所も書かれていなかった。まるで知る人ぞ知る隠れ家バーみたいだ、と、弥琴はもう不思議に思うことすら諦めた。

(この辺りから行けば、近いところに出そうだけど)

準備中の焼き鳥専門店の前で足を止める。その店の脇からは、細い横道が続いている。

弥琴は、あのときの通りに通じていますようにと念じながら、その横道へ入った。

そして五分も歩かない間に、見事に以前訪れたビルまで辿り着いたのだった。

「よ、よかった……」

以前来たときには、このビル以外の建物には一切明かりがなく、しんと静かな通りだった。それは昼間である今日も変わらず。似たようなビルがずらりと建ち並ぶ通りにはひとつの人影もなく、大通りの喧騒《けんそう》も、遠くの電車の音も響かない。

(静かなところだなあ)

弥琴はさっと前髪を直し、ビルの階段をのぼった。最上階である三階の扉を開けると、日の入った事務所の中で、狐塚が明るく出迎えてくれた。

「やあやあ、日下部様。ようこそいらっしゃいませ」

「狐塚さん、こんにちは。遅くなってすみません」

「遅くなどありませんよ。まだ日があんなに眩《まぶ》しいではありませんか。さあどうぞ、お掛けになって」

促され、弥琴は椅子に腰かける。狐塚が出してくれたお茶は、ほんのり甘く、緊張を解きほぐしてくれるようだった。

「さて、日下部様には本日、ご紹介する方と会っていただくことになります」

正面に座った狐塚は、早速本題へと入る。

弥琴は背筋を正し、唇をきゅっと引き結んで狐塚のことを見据えた。

「お名前を、燐《りん》様、と申されます」

「燐……さん？」

「ええ」

燐。弥琴は頭の中でもう一度その名前を呟《つぶや》く。

燐。不思議な響きだ。苗字だろうか、名前だろうか。

「とっても聡明《そうめい》で美しく、素敵な方ですよ。ただ燐様は、すでに三度ほど他の女性とお見合いをしているのですが、なかなかどうして上手《うま》くいかず、すべてお断りされております。女性のほうからは好印象だったのですがねえ」

「そう、なんですか」

「しかし日下部様なら、きっと燐様とお合いになると直感したのですよ。ワタクシ、ご縁を見る目はありまして」

「はあ」

と、弥琴は気のない返事をする。

張っていた気は緩んだが、緩み過ぎて落ち込んでしまった。「合う」と言われたことよりも、その前の台詞《せりふ》のほうが弥琴に重くのしかかった。

(三回も断った人なら、わたしも駄目だろうな)

一人目からうまくいくなんて思っているわけではないが、わずかにあった期待があからさまにしゅうっとしぼんでいく。

（まあ、練習だと思って、軽い気持ちで挑もう）

弥琴はそっと深呼吸をして、残っていたお茶を飲んだ。やはりほのかに甘く、優しい花の香りがした。

「して、こちらが燐様のお宅への地図でございます」

狐塚が一枚の用紙を弥琴に差し出す。手描きの簡素な地図に、数ヶ所赤く目印が付けられている。

「この地図の示す通りに行けば、燐様のお宅へ着きますからね」

狐塚は、おそらく目的地なのだろう、赤い星が描かれた場所に、とんと人差し指を置いた。

「ちょ、待ってください。え、お宅？　ご自宅？」

「はい」

「今から？　わたしが行くんですか？　お相手の家に？」

狐塚はにんまり笑みを浮かべ頷く。

「燐様には、ご自宅にて、日下部様をお待ちいただいております」

「えぇ……？」

いきなり家とは、ハードルが高いというか……色々と問題がありそうなのだが、どうなのだろう。普通はレストランなどで食事をしながら会話をするものではないのだろうか。

（それとも、わたしが知らないだけで、これが普通なのかな？）

いやそんなわけないよな、と脳内で自問自答を繰り返す弥琴をよそに、狐塚は話を進めていく。

「寄り道をしていただいても構いませんが、必ず日の出ているうちに伺うようにしてくださいね。それと、こちらも持っていてください」

狐塚は、千円札ほどの大きさの木札をカウンターに置いた。木札には文字のようなものが書いてある。何が書いてあるのか、読み取ることはできない。

「えっと、これは？」

「印のようなものでしょうか。お鞄に入れておくだけで大丈夫ですので」

「……印？　わたしがお見合い相手であるとわかるように、ですか？」

「まあそんな感じです」

訝《いぶか》しみながらも、弥琴はとりあえず鞄の内ポケットに木札を入れた。

地図を手に取る。ここから徒歩圏内ではあるようだが、地図を見ても、どのあたりなのかは弥琴にはよくわからなかった。

立ち上がりつつ、本当に家に行くのか、と再度確認しようとしたら、弥琴が問うより早く、いつの間にかカウンターから出て来ていた狐塚が弥琴の背中をぐぐっと押した。

「さあ、ではでは、早速向かっていただきましょう。善は急げ、ですよ」

「え、あ、ちょ」

「さあさあ、日下部様、いってらっしゃいませ」

なかば押し出されるように、弥琴はドアの外へ飛び出した。

振り返った先にいる狐塚は、糸のように目を細め、満面で笑っていた。

「佳いご縁となりますように」


結婚相談所の通りを真っ直ぐに進んでいくと、先日と同じように、いつの間にか飲み屋街に出ていた。相変わらずどう繋がっているのかよくわからず、弥琴は方向音痴になってしまったのかもしれないと、少しだけ落ち込んだ。

地図の示すとおりに三十分ほど歩くと、閑静な通りへと辿り着いた。幅の狭い車道しかない細い道だ。車が来るたびに道の端に立ち止まり、通り過ぎて行くのを待った。

この辺りは、弥琴が来たことのない場所だった。小さな商店街のようだが、半分以上の店が閉まっており、通りを行く人の姿もあまり見かけない。

弥琴は地図を開いて確認する。目的地はこの付近だ。一度角を曲がれば、あとは直進するのみらしい。

（えっと……古書店と、酒屋さんの、間）

地図を見つつ進むと、確かに、古書店と酒屋が並ぶ場所があった。

けれどその間に道はない。建物が密接しているわけではないが、人ひとりがやっと通れる程度の隙間が空いているだけである。エアコンの室外機が二台通せんぼしていて、その奥は暗く、どこに繋がっているのかよくわからない。

「え……ここ？」

思わず声に出していた。弥琴は周囲の様子と地図とを今一度確認してみる。やはり、何度見ても、狐塚から渡された地図はこの隙間を示している。

（……他に通れる場所がないか、誰かに訊いてみようかな）

しかし、こんな隙間の向こうに行きたいなど、怪しいにもほどがある。変人と思われてしまうかもと考えたら、とても誰かに訊ねることなどできなかった。

弥琴は胸に手を当て、ぎこちなく深呼吸をする。

行くしかない。行かなければ、何も始まらない。

踏み出さない限り、何も変えられないのだ。

「……よし」

右からやって来た軽自動車を見送り、周囲に人がいないのを確認して、弥琴は隙間へと飛び込んだ。

室外機を乗り越え、じめっと湿った狭い建物の間を一歩一歩進んでいく。壁に擦《こす》ったのか、買ったばかりのワンピースに汚れが付いたのを発見し心の中で泣いた。足元はごみや雑草にまみれていて、何かを踏んだ感触があったが、何を踏んだのかわからなかった。

内心、何をしているんだろうと思っていた。やっぱり狐に化かされているんじゃないだろうかと。それでも義務のように前へ進んだ。

そして。

ようやく隙間を抜け、明るい場所へと一歩踏み出す。弥琴はほっと息をつき、パンプスのつま先についた枯れ草と、ワンピースの裾《すそ》に付いた汚れを払った。

息を吸いながら顔を上げる。顔を上げ、息を呑《の》んだ。

「……」

鳥居にも見える巨大な門が、目の前に聳《そび》えていた。左右は数本の朱色の柱で支えられ、柱に垂直に通された貫《ぬき》の上には、瓦で葺《ふ》いた屋根が堂々と構えている。

門の奥は真っ直ぐな石畳の道が続いていた。その脇には、古都の街並みのような木造の家々が、石畳に沿ってずらりと建ち並んでいた。

明かりの点いていない真っ赤な提灯が軒先や通りの上に無数にぶら下がっている。

風はないが、どこからか、白檀《びゃくだん》のような香りがした。

「す、すごい、ところだな」

地図は、この石畳の通りの突き当たりを指していた。

弥琴は恐る恐る門をくぐる。人の気配は一切ない。だが、通りはごみひとつなく、綺麗《きれい》に整備されているようだった。

建物はどれも、木と漆喰《しっくい》で造られた町家のような古風な外観をしている。窓には格子が付けられていて、中を覗くことはできない。

何かの店なのか、入口に暖簾《のれん》や吊《つ》り下げ旗がかかっているところも多かった。暖簾に書かれた文字は、読めるものもあれば、絵なのか文字なのかもよくわからないものもあった。

（中華街みたいなところなのかなあ）

見慣れない街並みに、ほうっとため息が零《こぼ》れる。写真を撮りたかったが、スマートフォンの電源を落としていたことを思い出した。万が一にも電源を入れた途端会社から連絡が来たら嫌だから、写真は諦めることにした。

靴音を響かせて石畳を歩いていく。

一切の物音がしないから、足音がやけに響く。

やがて弥琴は、長い石畳の突き当たりに辿り着いた。そこには立派な数寄屋門が構えていた。

ここが地図の示す場所——弥琴のお見合い相手がいる場所だ。

(お、大きい家……)

門の格子戸は開け放たれていて、その向こうに、綺麗に整えられた庭園と、武家屋敷のような和風建築が見えていた。大豪邸だ。相手の理想として、転がり込めるくらいの家を持っているといいとは伝えたが、ここまでの大きさを求めていたわけではない。

(どんな人なんだろう)

徐々に高まってくる緊張を抑えるように、弥琴は数度深呼吸をした。一旦自分の恰《かっ》好《こう》を見直してみる。ワンピースの汚れは取れているはずだ。パンプスも綺麗だし、ストッキングも破れていない。

「……行くぞ」

ぺちりと軽く両頬を叩《たた》いた。意を決し、門の向こうへ声をかける。

「す、すみません。どなたかいらっしゃいますか」

こうして声をかけるのが正しい方法なのかはわからないが、インターフォンを見つけられないのでこうするしかない。

怪しまれない程度に門の向こうを覗き、中の様子を窺《うかが》っていた。

　すると。

　どこからやって来たのか、いつの間にか弥琴の足元に二匹の犬がお座りしていた。尖《とが》った耳をぴんと立たせた、真っ白なふわふわの毛を持つ犬だ。それぞれ赤と青のスカーフを巻き、弥琴を見上げながら一生懸命に尻尾を振っている。

「わあ、可愛《かわい》い！　きみたちどこから来たの？」

　弥琴はしゃがんで犬たちを撫《な》でた。人馴《ひとな》れしているようで、見知らぬ弥琴のスキンシップも嫌がらずに受け入れている。

「ポメラニアンかなあ。いや、大きさ的にはスピッツかな」

　もふもふとした毛を撫でてやると、犬たちは気持ちよさそうに目を細めた。日々の生活に疲れ切っている弥琴はそれだけでとろけるほど癒され、夢中になって二匹の犬を撫でまわし続けた。

　だから、すぐそばで下駄《げた》の音がするまで、誰かが近づいていたことに気づかなかった。

　弥琴は顔を上げる。

　門の下に、男がひとり立っていた。

　紺地の着流しを品よく着こなした、若い綺麗な顔立ちの男だった。ほんの少し癖のある髪は深い小豆色をしている。本来の髪色ではないはずだが、染めているとも思えない自然な色だった。

弥琴は、しゃがんだままぽかんと口を開けて男を見上げていた。

そして男のほうも、やや驚いた顔で、弥琴のことを見ていた。

沈黙が数秒流れたあと、男の唇が先に動いた。

「誰だ、おまえは」

低い声で男が問う。

弥琴ははっとして、慌てて立ち上がる。

「あ、あの、玉藻結婚相談所の狐塚さんの紹介で来ました、日下部弥琴と申します」

深く頭を下げると、男がかすかに息を呑むのがわかった。

「……弥琴？　おまえが」

「はい、あの、燐さん、はいらっしゃいますか」

「……燐はおれだ」

今度は弥琴が息を呑んだ。

まさかこの美形が、自分のお見合い相手だとは。色々と想像を超え過ぎていて、頭がおかしくなりそうだ。

「狐塚から聞いている。とりあえず、入るといい」

燐は体をずらし、弥琴を門の中へと招き入れた。その小さな動作ひとつにも淑《しと》やかさを感じる人だった。弥琴は下手くそな行進のような歩き方で、言われたとおりに門を越えた。

左手側は日本庭園が広がり、正面から右手側にかけて、逆さのL字を描いた大きな屋敷が建てられていた。屋敷の正面部分は、平屋だが荘厳な造りで、広い表玄関が設けられている。右手部分は二階建てになっているようで、正面とは別に質素な入口がひとつあった。

「タロ、ジロ、おまえたちも入れ。まったく、勝手に外に出るなと言ったろ」

燐の言葉に、二匹の犬――タロとジロは「わふっ」と返事をして、飛ぶように門の内へと入っていく。

「あのワンちゃんたち、こちらのお宅の子だったんですか」

「ああ。赤いほうがタロ、青いほうがジロだ。犬は苦手か？」

「いえ、大好きです。自分でも飼いたいんですけど、今の家じゃ動物は飼えなくて」

「へえ」

燐は門の戸をやはり開けたままにして、砂利の中に敷かれた飛び石の道を、屋敷に向かい歩き始めた。弥琴は燐を追いかけるように後ろを歩いていく。

意外にも自然な会話ができた気がする……が、冷静を装う弥琴の内心は、実はひどく混乱していた。

色々と思うところはある。大豪邸やらとんでもない美形の登場やら、燐の最初の反応を見るに確実にこの見合いは上手くいかないだろうことやら。

だがそのすべてがどうでもよくなるくらい、気になって仕方がないことがあった。

燐をひと目見た瞬間から、むしろそれのことしか考えていなかった。

「……」

弥琴は、前を行く燐の、頭と尻を交互に見ていた。目を離せなかったのだ。そこから生えた、猫耳と尻尾から。

（なんだろう、これは）

燐のふかふかとした髪の隙間から、髪と同じ小豆色の、猫の耳のようなものが生えていた。羽織の下からもやはり小豆色の長い尻尾が飛び出している。尻尾は先が二股に分かれて、時折器用に動いている。

（……コスプレ、みたいなものかな。すごいな、本物みたいに動くんだなあ）

弥琴はやや現実逃避した感想を抱いた。他人の趣味嗜好《しこう》を否定する気はないが、受け入れることもできそうにない。

（まあ、いいか。どうせ向こうから断られるだろうし）

燐は正面の大きな玄関ではなく、右側の二階建てのほうの入口へと弥琴を案内した。

表玄関と比べてしまうと質素だが、弥琴の住むアパートよりも数倍は広い玄関を抜け、柔らかな日差しの入り込む静かな廊下を進んでいく。

木とイグサの優しい匂いが漂う建物だった。造りは古風だが、傷んでいるように見える箇所はなく、丁寧に管理されているのがわかる。

弥琴は、正面の庭園とは別の裏庭が見える客間に通された。縁側の向こうの小さな庭を見つつぼうっとしていると、お茶と茶菓子を持った燐が戻って来る。猫耳と尻尾はやはり付いたままである。

「落雁《らくがん》を用意したが、甘いものは好きか？」

「あ、はい、好きです。ありがとうございます」

弥琴が答えると、燐は座卓の上に盆を置き、弥琴の正面に腰を下ろした。

弥琴は震える手で湯飲みを取り口を付ける。香り高い、質のいいお茶のようだが、緊張のあまり味はよくわからない。

「狐塚からは、なんと言われている？」

燐はまずそう言った。

弥琴は湯飲みを両手に持ったまま答える。

「えっと、燐さんはとても素敵な方だと」

「おれのことではなく、あの結婚相談所のことだ」

「え？」

思わず聞き返した。あの結婚相談所……玉藻結婚相談所について、取り立てて燐に話すような事柄は思いつかない。

「とくに、なんとも。少し変わっている気はしますけど、別に普通のような……」

「まあ、おれたちからしてみたら、確かに普通ではあるが」

燐は弥琴を見据えつつ、目を細めた。弥琴はそこで初めて、燐の瞳の色がとても薄いことに気がついた。赤みを帯びた黄色、だろうか。よく見れば、瞳孔もどこか、普通とは違う。

「あそこは、あやかし専用の結婚相談所だ」

燐が言った。

弥琴はしばらくぽかんとし、頭の中で何度も燐の言葉を繰り返したあと、やはりぽかんとしたまま問い返す。

「あやかし……とは？」

聞いたことがないわけではない。だが、弥琴の知る意味と同じ意味で使っているのなら、なおさら訊かずにはいられなかった。

「妖怪、もののけ、異形、人ならざるもの。つまり、本来はおまえのような、人が利用する場所ではないということだ」

燐は静かな声色で返答する。

「よ、妖怪……でも、狐塚さんも燐さんも、人では」

「玉藻結婚相談所は妖狐《ようこ》の運営するところ。狐塚の正体は狐だ。おれは……見てわからないか。人型をとっていても、人の見目とは違うだろう」

燐は、ぴんと立った自分の耳の先を指で弾《はじ》いた。背後では、二本の尻尾が弥琴をからかうかのようにゆらゆら揺れている。

「待って、ください。それ、作り物じゃないんですか」

弥琴は痛くなってきたこめかみを押さえつつ問う。そろそろ呼吸の仕方がわからなくなってきた。

「……」

燐は、少し考える仕草をしたのち、つと腰を上げ弥琴のそばへと近寄った。驚いて無意識に仰《の》け反る弥琴に、ずいっと小豆色の頭を差し出す。

「撫でていいぞ」

弥琴は固まった。恐らく猫耳が本物であるのか確かめろと言っているのだろうが、出会ったばかりの男に頭を撫でろと言われたら、戸惑わずにはいられない。

どうするのが正解か、まったくわからなかった。

お互い微動だにせず沈黙が続く。

やがて燐が早くしろと言わんばかりに耳をぴこぴこと動かし始めたので、弥琴はこわごわと燐の髪と耳に触れた。

耳はほどよく柔らかく、つるりとした細かい毛が生えていた。血の通う温度があり、先を撫でてやると気持ちよさそうに小さく震える。

その耳は、どう確かめても燐の頭部から直《じか》に生えていた。そして癒される感触のふかふかとした髪の下に、弥琴と同じ形の耳はない。

「ほぇ、本物だ……」

失神しなかった自分を褒めてあげたいと思った。

すでに脳みその許容量はオーバーしている。仮に冷静であったなら余計におかしくなっていただろうから、頭の中がパニック状態になっているくらいで丁度いいのかもしれないが。

(燐さんも、狐塚さんも、妖怪?)

もしかしたらいるのではないか、と思う程度のロマンティシズムは持ち合わせている。けれど、それが本当に目の前に現れるなんて、どうしたら想像できるだろう。しかも、お見合い相手として。

「おれは猫又だ。こう見えて齢《よわい》も千を超えている。それでも、おまえよりはまだまだ遥《はる》かに長く生きるが」

「猫、又……」

「ああ」

聞いたことはある。歳《とし》を取った猫はだんだんと尻尾が二股に分かれ、人の言葉を話す妖怪に変化する、と。

（……いや、でも、妖怪なんて、そんな馬鹿な）

耳も尻尾も本物のように見える。しかし、だからといって「ハイそうですか」と受け入れることはできなかった。

きっとよくできたいたずらに違いない。からかわれているだけだ。もしくは試されているのかもしれない。何を試されているのかは、わからないけれど。

「つまり」

と言いながら、燐は大きくため息を吐く。

「何も知らずにここまで来たということか。しかし狐塚もあこぎな奴《やつ》だな、おまえが人だとハナから気づいていただろうに」

燐の言葉に、弥琴は初めて結婚相談所を訪ねたときの狐塚の様子を思い出す。

「た、確かに、最初に事務所に入ったとき、驚いた顔をされたような」

「それでも客として招き入れた、というのが、なるほど、あいつらしいと言えばらしいが」

「でも、あやかし用の結婚相談所が、あんな普通にあるなんて」

「普通なものか。あそこは本来、人の世と隣合わせながらも交わらない場所にある。まあ、稀《まれ》に人が迷い込むことはあるから、おまえもそうだったというだけの話だ」

「そう、なんですか」

「最後まで違和感に気づかずに見合いにまで来る人間は、そういないだろうがな」

いや、違和感は確かに覚えてはいたのだが。まさか摩訶《まか》不思議《ふしぎ》な世界に紛れ込んでいるだなんて、どうしたら思い至るだろう。

「さすがにおれも、人が見合い相手として来るとは予想していなかったな」

燐が伏し目がちに呟いた。

縁側には木々の影が濃く長く落ちている。陽光は鮮やかな橙《だいだい》に変わり、夕暮れが来たことを知らせていた。

弥琴は唇を引き結び、膝の上に置いた両手を握り締める。「あの」と、少し上擦った声で呼びかけると、燐は弥琴に振り向いた。

「燐さんも、驚きましたよね。普通に結婚相手を探していただけなのに、急にわたしみたいなのを寄越されて。迷惑だろうし。あの、本当に、すみませんでした」

頭を下げた。俯《うつむ》いた視線の先で、買ったばかりのワンピースが皺《しわ》を作っていた。

燐や狐塚が本当にあやかしであると信じたわけではない。ただ、燐が自分を見合い相手として望んでいないことはなんとなく感じ取れた。もしかしたら、あやかしなんてことを言い出したのもこの見合いを断る口実なのかもしれない。

「わたし、帰ります。このお話はなかったことに。あ、燐さんのほうから狐塚さんに伝えてもらえると、ありがたいです」

「待て」

鞄を引っ掴み立ち上がった弥琴を、けれど燐が止める。

「日が落ちかけている。今は帰らないほうがいい」

弥琴はつと縁側へ目をやった。確かにもう日暮れだが、いつも日暮れどころか日付が変わる頃にひとりで帰っているのだ。弥琴にとってはこの時間帯など、まだ昼間と同じ感覚だった。

「夜道のひとり歩きは慣れているので、大丈夫です」

「果たしてそうか？　おまえの言う夜道は、真の夜道ではあるまい」

「へ？」

問い返す弥琴に、燐はゆるりと立ち上がる。

「こちらへ」

そう言って客間を出て行く燐のあとを、弥琴は訝しみながらもついて行く。

燐は、二階へ続く階段をのぼっていき、その先にあった窓の向こうを指し示した。

弥琴は眉を寄せつつ窓の外を覗く。

目にした光景に、零すように掠《かす》れた声を吐く。

「何……これ」

窓から見えるのは、弥琴がこの屋敷へ来るときに通って来た石畳の通りだ。確かに通って来た、はずだが、今見ているその通りは、ほんの少し前に見たはずの景色とまるで様子を変えていた。

無数の提灯に明かりが灯《とも》り、日暮れの石畳を妖しく照らす。

静かだったはずの通りには、どこからともなく笛と弦の音が鳴り響く。

その囃子《はやし》に誘われるかのように、次々と建物から人影が——いや、人ではないものの影が姿を現した。

二本足で歩く獣たちに、腹の出た小鬼。全身が鱗《うろこ》で覆われたばけものや、ひとつ目のもの、無数に目玉があるもの。

まるで祭りのように賑わう通りを行き交うのは、この世のものとは思えない恐ろしい姿かたちをした、異形のあやかしたちだった。

「ここは、現世《うつしよ》にありながら、人の世とは隔離された、あやかしたちのための場所。通称『黄泉路横丁《よみじよこちょう》』」

弥琴はまばたきを忘れたまま、窓の外から隣に立つひとへと視線を移した。その横顔は、薄ら寒く感じるほど美しくはあれど、人のものと変わりなく見える。それでも、このひとも人ではないのだ。

この場所において人であるのは——この場にそぐわない生き物であるのは、弥琴ただひとりだった。

(本当に、本当だってこと?)

燐の言ったことは、すべて。

燐が猫又という妖怪であり、狐塚も狐の妖怪であり、そもそもあの結婚相談所自体が妖怪のためのものだったのだと。

信じられはしない。だが、この目に映るすべてがまぼろしでない限り、もう否定することはできない。

「この屋敷の裏には、現世と幽世《かくりよ》とを繋ぐ門がある。ここは、その門の周辺に自然とあやかしたちが集まりつくられた街だ。おれはここで、幽世の門の管理番をしている」

燐の目が弥琴へと向けられた。燐の瞳には、人とは違う、縦に長い瞳孔が浮かんでいる。

「夜になるとこうして横丁のあやかしたちは騒ぎ出す。今屋敷を出て行けば、奴らに見つかり大騒ぎになるぞ」

「……そんな」

様々な見目のばけものが跋扈《ばっこ》する通りに目をやる。あの場を歩く自分を想像し、ぞっとした。あやかしの中には鋭い牙や爪を持つものもいるのだ。とてもあんなところへ入っていくことはできない。

（どうしよう……）

なぜこんなことになったのかと自問した。単に今の生活を変えたくて、結婚相談所に登録して、初めてのお見合いに挑んだだけだったのに。

一体どうしてこうなったのだろう。答えなど見つからない。見つかったところで、どうにもならない。

「今日は泊まっていけ。この屋敷にいれば安全だし、おれもおまえをどうこうするつもりはない。明日の朝には無事家に帰そう」

存外優しい声色に、弥琴は俯いて唇を噛み締めた。捉えようのない感情が入り混じり、涙が溢《あふ》れそうになった。

燐は弥琴に二階のひと部屋を与えてくれた。落ち着いた和室には寝具もひと組用意されていたが、弥琴は寝る気になれず、掛け布団にくるまって部屋の隅で膝を抱えていた。

静かな部屋には横丁の賑わいがかすかに聞こえてくる。明かりを消した部屋に、ほの赤いともしびも届く。

（……帰りたい）

ぎゅっと目を瞑《つぶ》る。それでも夢のような現実は消えず、逃げたいと思っていたいつもの日常へ戻ることはできない。

（燐さんは、いいひとそうだけど、でも、人じゃないんだよね）

膝をきつく体に寄せ、頭からかぶった布団に隙間なく身を包んだ。それでも耳に響く囃子の音に、体中に怖気《おぞけ》が走る。

得体の知れないものに囲まれた場所にいる。その恐怖と不安ばかりがふつふつと積もっていく。

「弥琴」

ふと、障子の向こうに影が映った。燐の声が廊下から聞こえる。

「少しいいか？」

弥琴は答えなかったが、やや間を置いて障子が開いた。

廊下からの明かりの中に燐が立っていた。燐は、部屋の隅に潜んでいる弥琴を見つけると、小さく息を漏らした。

「……そんなところに縮こまって」

呆《あき》れているというよりは心配してくれているような声色だったが、弥琴は恥ずかしさから一層布団に隠れた。

燐は室内には入らず、敷居の向こう側に立ったまま、弥琴に語りかける。

「タロとジロが、おまえと一緒に眠りたいと言っている。構わないか？」

弥琴が返事をする間もなく、燐の足元からふたつの白い物体が飛び込んで来た。タロとジロは尻尾を大きく振りながら弥琴に擦り寄り、それぞれ右側と左側に伏せた。

弥琴は布団の隙間から手を出し、二匹の犬を撫でる。とろんと目を細める姿に、ほんの少しだけ気持ちが安らいだ。わたあめのような毛に埋めた手のひらから、自分のものとは違う体温が伝わる。たったそれだけで、強張《こわば》った身と心がほぐれていく。

「この子たちも、あやかしなんですか？」

人の言葉は話さないし、二本足で歩かないし、目もふたつしかない。けれどこの場所にいるからには、普通の犬ではないのだろう。

「そいつらは元狛犬《こまいぬ》だ。信仰が薄れたために神のいなくなった社で、行き場を失くしていたところを引き取った」

「狛犬？」

「かつては神の棲《す》み処《か》を守っていたものたちだ。共に眠れば神力で満たされ、心の揺れも安定する」

燐の言葉に同意するように、タロが耳をぴこぴこと動かした。彼らを撫でていると安心するのは、柔らかな毛皮のおかげだけではないらしい。

（……もしかして、気を遣ってくれたのかな。わたしが怖がっていたから）

弥琴はタロとジロを眺めていた。撫でられて気持ちがいいのか二匹ともすっかり目を閉じている。

「なあ、弥琴」

燐が呼んだ。弥琴が振り向くと、これまで廊下に立っていた燐が、静かに室内へ入って来た。

燐は弥琴の目の前で、視線を合わせるように膝を突く。室外からの明かりが届く薄闇の中、綺麗な顔が間近に迫り、弥琴は思わずたじろいだ。

燐はじっと弥琴を見つめている。弥琴は身を引きつつも、その視線から目を逸《そ》らせずにいた。

「おれは、これまで何とも番《つが》ったことがない。だが平和な世になり暇もでき、他のものと共に生きるのもいいかと思い、嫁探しを始めた」

燐の瞳は暗がりにあっても光っている。人にはないその妖しさが、けれど今は怖くはなかった。

弥琴はいつの間にかタロたちを撫でる手を止め、燐のことだけを見ていた。髪と同じ小豆色の睫毛《まつげ》の奥、綺麗な形のその目にも、自分しか映っていないのだと、そう思うだけで心臓が止まりそうだった。

頭にかぶっていた布団がずり落ちる。

燐が、ゆっくりと瞬《まばた》きをする。

「弥琴、おれはおまえを、嫁にもらってもいいと思っている」

耳心地のいい声がそう告げた。

弥琴は口をぽかりと開け、しかし声を発することはできずにいた。

あれほど不気味だった囃子の音が、もう気にも留まらない。

(なんて、言った?)

今日一日で見聞きしたどんなに信じられない現実よりも、衝撃的なことを言われた気がする。

聞き間違いでなければ、そう、聞き間違いでなければ。

嫁にもらってもいいと。

(そんなまさか。まさか、そんな)

呆《ほう》ける弥琴を引き戻すように燐の手が伸びてくる。弥琴は驚いて肩を竦《すく》めたが、その手はわずかに頬を撫でただけだった。

「おまえはどうだ。おれでは駄目か」

触れられた頬が熱い。それどころか顔全部に火が付いたようだ。全身に鼓動が鳴り響き、吐く息にさえ濃い熱がこもる。

燐の瞳は、なおも弥琴を真っ直ぐに捉えていた。冗談を言っているわけではないことは、その視線で十分に伝わっていた。

初めてだ。人生で、そんなことを言われたのは。

これから先もあるかどうかわからない。二度と、誰にも言われないかもしれない。

これが、最初で最後かもしれない。

自分を、求めてくれるひとに会えるのは。

「返事は今すぐでなくてもいい。考えておいてくれ」

何も答えられずにいた弥琴に、燐はそう言い、立ち上がる。

弥琴はやはりひと言も零せないまま、部屋を出て行く燐を目で追っていた。

障子を閉める前に燐が振り返る。

「おやすみ弥琴。眠るときは、ちゃんと布団で横になれよ」

すっと障子が閉められ、やがて廊下の明かりも消えた。

燐の姿が見えなくなっても、弥琴の顔は熱いままだった。掛け布団はすでに肩からもずり落ちてしまっている。

力の抜けた体を支えるように畳の上に両手を置いた。小さく震えた指先を、寝ぼけ眼のジロがぺろりと舐《な》めた。

(嫁に？　わたしを？　本当に？)

今日出会ったばかりだ。それほど会話すらしていない。弥琴は優れた容姿をしているわけではないし、中身に至っても間抜けな部分ばかり見せている気がする。

けれど燐は確かに言った。弥琴を嫁にと。

もしかして燐は結婚相手など誰でもいいのだろうか。そう考え、首を横に振る。確か、すでに見合いを三度も断っていると狐塚が言っていたはずだ。

(どこに、わたしを嫁にもらってもいいと思う要素があったんだろう)

理由はどうあれこの見合いで、燐は弥琴を受け入れた。あとは弥琴が返事をしなければいけない。燐との縁を結ぶか、切るか。

「……はあ」

弥琴はうな垂れ、大きくため息を吐いた。

「普通の、人だったら」

燐に嫁にと乞われ、嬉《うれ》しいと思ってしまった。誰にも必要とされない日々を送ってきたから、自分だけを見てもらえることが、これほど満たされることなのだと知らなかった。

燐は悪いひとではない、と思う。むしろ優しく、顔もよく、広い家も持っていて、どう見ても弥琴にはもったいないほどのひとだ。

でも、人間ではない。それは唯一であり、最大の難点だった。

「うぅ……」

狐塚の言ったとおり、二度とないくらいの優良物件だ。けれど、いくらなんでもあやかしのもとへ嫁入りなど、できるわけがなかった。


翌日、朝早くに目が覚めた。時間がわからなかったが、空の薄暗さを見る限りまだ日の出前後だろう。横丁の賑わいはすでに聞こえず、提灯の明かりも見えなかった。

弥琴は一緒に寝ていたタロとジロを起こさないようにそっと部屋を出た。一階に下り燐を捜すと、縁側で庭を眺めている後ろ姿を見つけた。

「燐さん」

やや緊張しつつ声をかける。

燐がそっと振り返り、弥琴を認めて微笑んだ。

「早いな、弥琴」

「おはようございます。あの、泊めていただいて、ありがとうございました」

「よく眠れたか？」

「はい。タロとジロのおかげで、心地よく眠れました」

事実、二匹に挟まれ布団に横になった瞬間からの記憶がない。そして今、やけに頭と体が軽かった。こんなにも質のいい睡眠をとったのは社会人になってから初めてかもしれない。

「わたし、もう帰りますね。お世話になりました」

「朝餉《あさげ》は？」

「あ、えっと、すみません。仕事に行かなきゃいけなくて、時間がないんです」

「そうか。なら大門まで送ろう」

燐が立ち上がる。弥琴はなんだか気恥ずかしくて、燐からふいと目を逸らした。

横丁は、深夜の賑わいが嘘《うそ》のように静かだった。弥琴がここへやって来たときと同じく人の気配が少しもない。しんと冷たい早朝の空気だけが流れている。

「昨日の妖怪たちは、どこに行ったんでしょう」

「いなくなったわけじゃない。各々家の中で寝たり寛《くつろ》いだりしているはずだ」

「そ、そうですか」

弥琴は両脇の家々から少しでも離れるため、通りの中央へそそくさと避けた。

燐は下駄の音を軽やかに響かせ石畳を進んでいく。弥琴は少し後ろから、その背を追いかける。

（燐さん、昨日の返事、訊いてこないな）

もしかして、一夜が経《た》ち、やはりこんな人間の小娘を嫁にするのは無理だとでも思ったのだろうか。

十分ありうる。そもそも昨日の発言自体がただの気まぐれであり、燐にとってはすでにどうでもいいことだったりするのかもしれない。

（猫だしね。でもそれはそれで、ちょっと悲しいような）

もやもやと考えている間に、横丁の入口に建つ門まで辿り着いた。

昨日と変わらず堂々と構えた巨大な門は、しかしその向こうの景色を見通すことができなかった。向こう側……黄泉路横丁の外側は、靄《もや》がかかったように青白く霞《かす》んでいる。

「ここを真っ直ぐ行けば人の世に戻れる。心配はない」

「はい。ありがとうございます」

弥琴は燐に頭を下げ、門のほうへと歩き出した。しかし門をくぐる直前「弥琴」と呼ばれ、振り返る。

「狐塚から、通行証を預かっているだろう」

「通行証？」と首をかしげながらも、狐塚からの預かりものに思い当たるふしがあり、鞄の中を探った。

「もしかして、この木札のことですか？」

ここへの地図と共にもらっていた謎の木札だ。狐塚からは「印のようなもの」と言われていた。

「それがあれば、外に生きる人間であっても、いつでもこの黄泉路横丁への道は開く。気が向いたら来い」

「は、はあ」

曖昧に頷く弥琴に、燐は小さく口元だけで微笑む。

「昨夜の返事も待っている」

弥琴は短く息を吸い、目を見開いた。頬がかっと火照り、抱えていた鞄を無意識にきつく抱きしめる。

答えは決めているはずだ。言わなければ、いけないけれど。

弥琴は何も言えずに踵を返し、駆け足で門の向こうへと飛び込んだ。


白い靄を数歩も歩くと視界が晴れた。気づくと、見覚えのある道に立っていた。小さな商店街だ。横丁の時間と同じくこちらも早朝のようで、建ち並ぶ商店はまだ一軒も開いていない。

振り返ると、シャッターの閉まった古書店と酒屋があった。昨日、この二軒の隙間から、黄泉路横丁へと足を踏み入れたのだ。

「……戻って来た」

まるで夢まぼろしでも見ていたかのような気分だ。むしろ、すべて幻覚だと言ってくれたほうが、いくらか心が楽になる気もする。

弥琴はしばらくぼうっと立ち尽くしていたが、遠くから聞こえたクラクションの音ではっと我に返り、早朝の街を自宅へと急いだ。

＊

その日からの生活に、なんの変化もなかった。

家に帰ってからスマートフォンの電源を入れれば、案の定上司や後輩からの着信が数件入っていた。なんとか遅刻することなく出勤はできたが、オフィスで上司と顔を合わせるなり、電話を無視したことについて散々怒鳴り散らされた。

相当機嫌を損ねてしまったようで、長時間の説教で時間を無駄にした挙句、本来弥琴の仕事でない業務まで押し付けられ、いつも以上に残業が長引く日が続いた。

一週間。不思議なお見合いのことを忘れたときはなかったが、そのことについて考える余裕もない日々を過ごしていた。

「日下部くん、きみは大して仕事ができるわけじゃないし、女性としての華もないんだから、言われたことくらいしっかりやってくれよ」

やるべき仕事はすでに終わらせているのに、無理やり任された業務のおかげで帰ることのできない弥琴に、さっさと帰宅の準備を始めていた上司がそう言った。

「きみの代わりなんていくらでもいるんだから」

仕事で泣くのはやめようと思っていた。泣いたところで虚《むな》しさが増えるだけだから。

でも、その日はどうしてか堪えることができなかった。どうにか仕事を終わらせ、
夜中の二時を過ぎた頃に会社を出て、とぼとぼと夜道をひとり歩いていたら、涙が出た。

(……何してるんだろう)

一度は、今の状況を変えようと決心し踏み出した。

しかし結局うまくいかなかった。

何も変わらない。変えることができない。

(わたしはずっと、こんなふうに生きていくのかなあ)

他人に怒鳴られ、頭を下げて、一日のほとんどを働いて、遊ぶ暇もなく、惨めに生きていくしかないのだろうか。この体と心が本当に壊れてしまうその日まで。

「……うぅ」

弥琴は街灯の明かりの中で立ち止まり、ため息を吐いた。アパートまではあと少し

だ。その少しが、とても遠く感じた。

そのとき。

「にゃあ」

ふと、足元から可愛い声がして、視線を落とした。街灯の根元に、一匹の猫が座っていた。

「わあ、猫ちゃんだ。こんばんは」

弥琴は両目を拭い、猫の前にしゃがみ込んだ。琥珀色《こはくいろ》の瞳が綺麗な猫だ。黒猫かと思ったが、よく見ると茶褐色のような毛色をしている。

恐る恐る手を伸ばすと、逃げることなく撫でさせてくれた。顎の辺りが好きなのか、そこをさすると気持ちよさそうに喉を鳴らす。

「綺麗な毛並み。人懐こいし、どこかの飼い猫かな」

首輪はしていないが野良には見えない。脱走してしまったのだろうか。家まで送ってあげたい気持ちはあっても、気力と体力が弥琴にはなかった。

「わたし、もう家に帰るんだ。あなたも気をつけて帰るんだよ。じゃあね」

立ち上がり、猫に手を振って歩き出す。アパートへは五分もしないうちに辿り着いた。外階段を上がり、二階にある自宅ドアの前で足を止める。

鞄から鍵を捜していると、下げた視線の先に何かが見えた。びくっと肩を揺らし後ずさる。

「あ、さっきの猫ちゃんか……」

よく見ればそれは、先ほど出会った猫であった。いつの間にいたのか、弥琴の足元に行儀よく座っている。

「付いてきちゃったの？」

猫は返事をするかのように「にゃおん」と鳴いた。丸い目は、じっと弥琴のことを見上げている。

「ええ、どうしよう……ねえ、ごめんね。泊めてあげたいけど、うちペット禁止で」

ここは会社が管理しているアパートだ。もしも部屋に猫を入れたことを誰かに見られ、会社に知らされたら。またどれほど怒られるかわからない。下手したら部屋を追い出されてしまう可能性もある。

「だから、ごめんね」

追い払うのも可哀そうだが、やはり中に入れることはできない。弥琴は再度ごめんねと猫に言い、玄関のドアを開けた。

すると、するりと猫が動いた。まるでその瞬間を待っていたかのように、猫は迷いなく部屋へ侵入したのだった。

弥琴は一瞬何が起きたのかわからず、数秒固まったのち、ようやく状況を理解した。

「ちょっ……あわわわ！」

慌てて中へ入り、ワンルームの電気を点ける。

猫は、八畳の居室のベッドの上で大人しく座っていた。その姿を発見し、弥琴はほっと息を吐いた。

「よ、よかった、暴れたり隠れたりとかしてなくて。猫ちゃん、ほら、こっちにおいで」

「狭い家だな。おれの屋敷の玄関よりも狭いじゃないか」

胸を撫で下ろしていた弥琴の耳に男の声が届く。

弥琴はぎょっとしつつ部屋を見回した。だが、男などどこにもいない。猫ならともかく、人間が隠れられそうな場所もこの部屋にはない。

「……」

視線はやがて、ベッドの上の猫へと向いた。

その猫は、明るいところで見れば、なかなか珍しい毛色をしていることに気づく。深みのある濃い赤……小豆色だ。最近、どこかで見た色と同じだった。

その小豆色の猫は、不思議なことに、尻尾の先がふたつに分かれている。

「待ちくたびれたぞ、弥琴」

猫が喋った。

猫は確かに低い男の声で喋り、呆然とする弥琴の目の前で、ゆらりと形を歪めた。蜃気楼《しんきろう》のように輪郭が溶け、別の姿に変わる。弥琴が瞬きを三度繰り返すと、猫は一週間前の見合い相手へと変化していたのだった。

「り、燐さん？」

小豆色の髪と、猫の耳と、二股の尻尾。着流しの似合う和風の顔立ちに、琥珀色の目が光っている。

燐はベッドに腰かけたまま、着物が崩れないように足を組んだ。弥琴は部屋の入口に立ち尽くし、突然現れた燐のことを見つめていた。

「深夜まで働いて、こんな豚小屋よりも狭い部屋に暮らしているとは。罪人より酷《ひど》いな」

「燐さん、なんで、ここに」

「おまえが横丁へ来ないから、おれから行くしかないだろう」

燐はぐるりと室内を見回す。

二十代女性の家とは思えない殺風景な部屋だ。元々ついていたベッドがひとつと、テーブルと、床に直置きされたテレビがひとつ。洒落た小物のひとつもない。可愛いものを飾るのが嫌いなわけではないのだけれど、揃えるための時間と心の余裕がなかった。

「なあ弥琴、狐塚から聞いたぞ。おまえは今の暮らしを変えたくて、狐塚のところへ行ったのだと」

「……は、はい」

「昼間はどんな暮らしをしているんだ。何をしている？　楽しくはないのか？」

「楽し、くは」

「嫌なことがあるのか。おまえ、さっきは泣いていただろう」

見られていたのかと、弥琴は唇を噛んだ。

今まで会社でどんなことをされても泣くことはなかった。泣きたいと思う気持ちを押し殺し続けてきたが、たぶんもう、泣いて感情を出さないと、心が持たない状態になってしまっているのだろう。

（限界だ、けど）

今の環境を捨てるには、新しい環境が必要だ。

「まあ、おれには今の人の世はわからんが」

部屋を巡った視線が弥琴へ戻る。

燐は丸い目をきゅうっと細め、弥琴を挑発するかのようにゆらゆらと尻尾を揺らした。小首をかしげる仕草が、やけに妖艶だった。

「おれのところに嫁げば、広い屋敷に住めるうえ、三食昼寝付きだぞ」

弥琴は「うっ」と唸《うな》った。

あまりにも魅力的な条件であった。

弥琴が婚活を始めたのは元々それを求めていたからだ。今の会社をなんの憂いもなく辞められる環境がほしかった。生活の保障が必要だったのだ。

しかし、どれだけいい条件をぶら下げられようとも、おいそれと掴むことはできない。燐と弥琴の間には、ロミオとジュリエットなど足元にも及ばないとんでもない壁があるのだ。

燐はあやかしであり、弥琴は人間。父も母も人間、たぶん先祖も人間、純人間だ。

燐だって、それはわかっているはずなのに。

「あの」

と、弥琴は小さな声で問いかける。

「燐さんは、どうしてわたしをお嫁にもらってもいいって思ってくれたんですか」

燐はすぐには答えなかった。返答に悩んでいるわけではないようで、弥琴の様子をじっと見つめていた。

やがて、小さく唇が動く。

「おまえが、昔の主によく似ているから」

その返答に、弥琴はすっかり気が抜けた。同時に、どうしてか胸が痛んだ。

一目惚《ひとめぼ》れのようなロマンチックな答えを期待していたわけではない。そもそもどんな理由であったとしても、燐との結婚はあり得ないし、自分が傷つく理由もない。

そう思ってはいても、弥琴は少しショックを受けた。

（わたしのどこがよかったとか、そういう理由じゃないんだね）

うな垂れる弥琴の姿を、眠気に負けていると捉えたのか、燐が立ち上がる。

「随分疲れているようだ、もう夜更けだものな。今日は帰ろう。しっかり休めよ」

燐は、遮光カーテンが開いたままの窓をからりと開けた。

「では弥琴、またな」

猫の姿へと戻った燐は、窓から外へ飛び出した。弥琴は窓のそばへ駆け寄り外を見たが、暗闇の中、もう燐の姿を見つけることはできなかった。

「……どうしよ」

窓とカーテンを閉める。時間は、もうすぐ三時になろうとしていた。シャワーを浴びたかったが体力が残っていない。とりあえず、ジャケットとタイトスカートだけ脱ぎ捨てた。

ベッドに飛び込むと、ほのかに白檀のいい香りがした。

＊

翌日も、弥琴はいつもどおり出勤した。三時間程度しか寝ていなかったが、燐の残り香のおかげか深く眠れ、体もすっきりしていた。

引き続き限度を超えた量の仕事をこなしつつも、ふと気が緩むたびに燐のことを考えた。考えては頭を振り、目の前の業務に集中した。

昼休憩の時間をとっくに過ぎた午後二時過ぎ。ようやく作業にひと区切りが付いたところで、弥琴は昼食をとろうと席を立った。

ちょうどそのタイミングで、長い昼休憩に出ていた上司がオフィスへ戻って来た。弥琴が頭を下げ、社員食堂に行くことを伝えると、上司はあからさまに顔をしかめて鼻を鳴らす。

「食堂で昼食をとる暇なんてあるの？　仕事全然進んでないのに？　こっちはさあ、きみの仕事が終わらないと進められないものがあるんだよ。偉そうに飯なんて食ってる暇があるなら一分一秒でも長くデスクに座って早く終わらせてくれないかな」

誰のせいで仕事が進んでいないと思っているんだ、と弥琴は思った。オフィスにいる他の社員たちも思っているだろう。だが誰も弥琴を庇うことはない。面倒ごとに進んで巻き込まれにいけるほどの余裕が誰にもないのだ。それを弥琴も理解しているから、助けてもらおうとは考えていない。

「すみません、失礼します」

とにかく早く立ち去ろうと思った。追いかけてまでは来ないだろうから、上司から離れさえすれば一旦は気を休めることができるだろう。

オフィスを出て行こうとする弥琴の背に、上司の声が届く。

「本当、きみって愛嬌《あいきょう》もないし暗いし、仕事もできないし、なんのためにここにいるんだろうね」

弥琴は手に持つ財布を握り締めた。振り向かず、足も止めない。自分には何もできないのだ。言い返せば余計に面倒なことになる。黙って耐えるのが賢明だ。

「いる意味がないんだったら辞めれば？　まあ、辞めたところで他に働けるところもなさそうだけど。取り柄もないしね。ないことだらけ」

下唇に力を入れる。まだ耐えられる。弥琴は足を前へ踏み出しできるだけ早足で出口へと向かう。背中に突き刺さる嫌みな笑い声にも慣れていた。今さらこんなものに傷つかない。大丈夫、早く外へ行こう。

「逆にきみって何ができるの？　こんな地味で気が利かないんじゃ、嫁のもらい手もないんじゃない？」

弥琴は浅く息を吸って止めた。

自分が今どんな顔をしているのかわからなかった。

「ねえ、日下部くん。きみの代わりなんて、いくらでもいるんだから」

昨日も言われたことを言われた。

そのとき、弥琴の中で何かが切れた。

足を止め振り返る。

ぎょっとした顔の上司のもとへローヒールのパンプスの音を響かせた。ずんずんと歩き進め、汚い毛穴まではっきり見える距離で立ち止まる。

「わかりました。なら今すぐ辞めさせていただきます」

大きく見えていた上司が、実は弥琴よりも背が低かったのだと初めて気づいた。

どうしてこんなものを怖がっていたのかさっぱりわからなくなった。なんてことない、ただの人間だ。小さく、無能で、自分の人生においてなんの価値もない存在。

弥琴は脂ぎった上司の顔を、冷めた目で見下ろした。

「わたし、結婚するので」

弥琴は昼間の街を歩いていた。明るい時間に帰宅するなど、就職してから初めてのことだった。

まだ誰も飲み歩いていない飲み屋街を、酒も呷《あお》っていないのにふらふらとした足取りで進む。

ややすっきりした気持ちではある。だがそれ以上に、後悔と不安が押し寄せ、今にも白目を剝《む》いて倒れてしまいそうだった。

（ホームレスってどこに行けばいいんだろう……）

もう明日から会社には行けない。アパートも出て行かなければいけないだろう。仕事と家とを同時に失い、人生に行き詰まってしまった。

こんなときに頼れるような家族もいない。連絡をとれる親戚にも、あまりに情けない現状を晒《さら》す勇気が持てず、助けを求めることができなかった。

（結婚する、とか、予定なんてないくせに）

あのとき、燐のことが頭に浮かんだ。燐は、理由はどうあれ、他の誰でもなく弥琴を選び、望んでくれるひとだ。

（でも、だからって燐さんのところへ……なんて、行けないよね）

今の状況では単に衣食住に釣られているだけだ。そんな理由で嫁入りするなど倫理観がなさすぎる。いや、先に釣ってきたのは向こうではあるけれど。

ともあれ、さすがにこの状況下でも燐のもとへ行くのは憚《はばか》られた。そもそも燐は人間ではない。あやかしと結婚なんてできるわけがないのだ。

（これからどうしたらいいのかな）

絶望に暮れていたそのとき、鞄の中でスマートフォンが震えた。ほぼ無意識に取り出して画面を見る。

「あ……これって」

映し出されていたものを見て我に返った。着信画面の名前が文字化けして表示されている。この現象は二度目だ。決して機械の故障ではないこの表示の意味を——電話の相手を、今はもう知っている。

『もしもし、こんにちは。ワタクシ玉藻結婚相談所の狐塚でございます』

通話ボタンを押すと、思ったとおりの明るい声が聞こえた。弥琴は電信柱の陰に隠れ、スマートフォンを耳に強く押し当てる。

「狐塚さん！　ちょっと、もう！」

『おやおや日下部様、今日は一段とお元気ですね。どうされました？』

「どうされましたじゃないですよ」

狐塚とは、燐と出会ったあの日以来連絡を取っていなかった。そもそも結婚相談所に直接赴く以外こちらから連絡を取る手段はない。

「狐塚さん、玉藻結婚相談所が、あの……あやかし専用の結婚相談所って本当ですか」

『ええそうですよ』

「ひえっ、あっさり認めた……なんで言ってくれなかったんですか！」

『ありゃりゃ、言いませんでしたっけ。それは失礼、ついうっかり』

「うっかりじゃないですよ！　わたしを珍しい客って言っていたの、あれってわたしが人間だからですよね」

『何者であろうとワタクシの大事なお客様ですよ。それはそうと、先日のお見合いどうでした？　燐様、とっても素敵な殿方でしたでしょう』

弥琴はほんの少し口を噤《つぐ》んだ。スマートフォンを左手から右手に持ち直し、パンプスのつま先を見つめる。

「素敵ですけど、でも、人間じゃないし……」

『そんなの些細《ささい》なことですよ。人だって肌や目の色や言葉が違うように、いろんな種類があるでしょう。それと似たようなものだと思えばいいんですよ』

「いや、全然違う気がしますけど……それに、人間があやかしの世界に行くのも色々問題がありそうじゃないですか。これでも一応ぎりぎり社会に属しているので、行方不明扱いされるのとかはちょっと」

『ご心配なく。あやかしの領域といえど、あそこはまだ現世ですからね。人の世との行き来も自由ですし、書類上の社会的なあれこれに関してはこちらで対処しますよ。人に交じって生きている同胞も多いので、いろいろと融通が利くんです』

「え、あ、そうなんですか。裏社会みたい……」

『それに』

と狐塚が言う。

『燐様は日下部様のことがとても気に入られたようで、あれ以降、新しい縁談を断っておられるのですよ』

「え……そうなんですか？」

『ええ、なかなか好みの難しい方でしたが、日下部様をご紹介して正解でした』

スピーカーから狐塚の弾んだ声が聞こえる。

弥琴は何も言えなかった。どう言えばいいかわからなかったのだ。自分の気持ちがわからない。

そんな弥琴の思いを見透かしているかのように、狐塚が静かに問いかける。

『日下部様は、燐様のこと、お嫌いですか？』

問われて、考えた。嫌いではない。

だが好きと言えるほど、燐のことを知らない。

「……わかりません。燐さんを、どういうふうに思っているのか」

『ふふ。そりゃそうでしょうとも。まだ出会ったばかりですから』

弥琴は顔を上げ、見慣れた街を眺めた。目の前を通りすぎて行く多くの人たちは、誰ひとり弥琴を気に留めない。

本来、縁は、誰とでも結べるものではない。

誰かと出会うことは特別なことだから。

出会えたことだけで、奇跡なのだ。

『見合いとは、得てしてそういうものですよ。縁を結んでから、愛を育むのです』

弥琴は狐塚との電話を終えると、迷うことなく歩き出した。

鞄の中には、あの日から常に木札を入れていた。もしかしたらそれがすでに、弥琴の出していた答えなのかもしれなかった。


古書店と酒屋の隙間を通り抜けると、黄泉路横丁に辿り着いた。

昼間の今、あやかしたちの姿はない。弥琴は明かりのない提灯の下、石畳の通りを真っ直ぐに歩いていく。

燐の屋敷の門は今日も開いていた。

弥琴は一度深呼吸をする。これからの日々がどうなるかはわからない。けれど今がどん底なのだ、ここからどうなろうと、先は明るいと信じている。

弥琴は大きく息を吸う。

「すいま、せん」

気合のわりに頼りない声しか出なかった。もう一度声を掛けようとしたそのとき、屋敷の正面の玄関から、燐が外へと出てきた。

「弥琴？」

燐はすぐに弥琴に気づき、門の外に立つ弥琴のところまでやって来る。

「燐さん、こ、こんにちは。突然お邪魔してすみません」

「いや、構わない。どうした？」

背の高い燐を見上げた。燐は優しい顔で弥琴を見ていた。

「あの、嫁に、来ました」

顔は真っ赤になっているだろう。声も震えているかもしれない。でも目は逸らさずに告げた。

こんなこと、たぶん二度と言う機会はない。最初で最後の、渾身《こんしん》のプロポーズだ。

「……弥琴」

燐は目を丸くした。何かを言おうとしていたが、それを遮るように「ただし」と弥琴は続ける。

「燐さんが、ちゃんとあやかしのお嫁さんを見つけるまで。ということで。それでも、いいですか」

考えていたことだ。

人間とあやかし。弥琴と燐は、ずっと寄り添い続けることはできない。『他のものと共に生きるため』に嫁探しを始めた燐と、弥琴は共に生きることはできないのだ。

ならば、燐が最初の目的を果たすまで——あやかしの嫁を見つけられるまで、そして弥琴は衣食住の確保のため、お互いの利益のための、仮の結婚をしよう。

燐がふっと笑む。

「ああ、いいだろう」

燐の差し出した右手に、弥琴は自分の右手を重ねた。

結んだ手には、自分と同じ温度があった。

第二話

付喪神の思い出

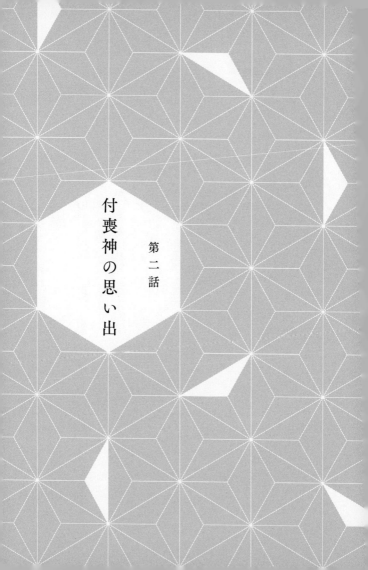

黄泉路横丁、とは。幽世の門の周囲に、現世に棲まうあやかしたちが自然と集まりつくられた街である。幽世への通り道であることから「黄泉路」と呼ばれるようになった。現世に存在するが、人の住む世からは隔離されていて、基本的に人が立ち入ることはできない。ちなみに人の世から横丁へ続く入口は日本中にいくつもあり、すべて正面の大門へと繋がっている。

では、幽世の門、とは。現世と幽世とを隔てる門である。この門の出入りは厳格に管理されており、無闇に現世と幽世を行き来することはできない。かつて人とあやかしとの棲み分けがされておらず、世が混沌《こんとん》としていた時代に、ひとりの人間と一体の鬼がつくったものといわれている。今も現世に棲まうあやかしは多々いるが、力が強く人に害を為《な》すあやかしが幽世に移されたことで、人の世に平和と安定が訪れた。

それなら、幽世の門の管理番、とは。幽世の門を出入りするあやかしを管理する仕事である。現世で悪さをすることがないよう、幽世の門を通るあやかしは入出場時に記録され、管理番の許可がない限り門を抜けることは禁じられている。

現世側の管理番は、幽世の門ができた千年前より猫又の燐が引き受けている。現世から幽世へ向かう場合は燐の許可が必要となる。燐は、門の管理だけでなく、現世に棲まうあやかしたちの相談役や、黄泉路横丁のまとめ役も担っている。

との説明を、弥琴は横丁のあやかしたちから受けた。

弥琴が黄泉路横丁にある燐の家に暮らすようになり早一週間。横丁のあやかしたちは、燐の嫁であるということで、人間である弥琴のことを存外すんなり受け入れてくれた。

嫁と言っても、人間の結婚のように役所に婚姻届を出したわけではないし、他に明確な契約を交わしたわけでもない。寝室も別々で――燐にはいつでも共寝していいと言われているが――弥琴はタロとジロと共に日々眠っていた。嫁に来たというよりも、単に居候しているだけのような気分である。

しかし燐は確かに弥琴を妻とした。あやかしの世界では、夫婦となるにはそれだけで十分だった。だから横丁のあやかしたちも弥琴を燐の妻と認めているのである。

そして弥琴も、初めこそ異形のあやかしたちを恐れていたものの、三日もすればすっかり慣れてしまった。見た目の恐ろしさなど中身がばけものである人たちに比べれば可愛いものである。これればかりはブラック企業で働いていた経験に感謝せざるを得ない。

「奥方、今日から燐様のお手伝いするんだって？」

そう弥琴に問いかけたのは、卵形の真っ黒な体に短い手足、小さなまん丸の目玉に黄色いくちばしを持ったあやかしだった。先祖代々黄泉路横丁に棲んでいるそうで、一家全員同じ姿をしている。弥琴はまだこの家族たちの見分けがつかなかったが、声からして、今話しているのは母親だろう。

「はい。燐さんは働かなくてもいいって言ってくれたんですけど、家事も燐さんと分担していますし、タダ飯食らうのも気が引けるので」

「知ってるよ、社畜ってやつなんだろう。人間ってのは大変だねぇ」

「あはは……」

弥琴は苦笑いしつつ紙袋を受け取った。中にはまんじゅうが八個入っている。

「ありがとうございます。これ、お礼のお酒です」

「まいどあり。じゃ、お仕事頑張ってね」

弥琴は頭を下げ、町家を出た。

昨晩はいつもどおりのお祭り騒ぎが繰り広げられていた通りも、早朝の今はしんと静かだった。だがあやかしたちが消えたわけではない。この場所は二十四時間いつだって「黄泉路横丁」であるのだ。

あやかしたちは、日の出ている間はほとんど通りを出歩かない。その間、石畳の通りの両脇に並ぶ家の中で、それぞれがそれぞれの過ごし方をしている。寝ているものもいれば、遊んでいるものもいて、何もしていないものもいれば、書き物や読み物をしているものもいる。

　また、先ほどのあやかしのように店を構えているものも多くいた。横丁に棲むあやかしはもちろん、外のあやかしも彼らの店を度々利用するという。燐も、屋敷に来る客に振る舞う茶菓子を彼らからもらい、酒や食べ物などを金の代わりに渡していた。

（このお店のおまんじゅうは美味しいんだよね）

　まんじゅうの紙袋を大事に抱え、下駄の音を響かせながら通りを歩く。燐に合わせた和装の生活にも、少しずつ慣れてきたような気がする。

　屋敷へと戻ると、弥琴は右手側の住居ではなく、正面の大きな玄関のほうへ向かった。扉が開け放たれたままの玄関へ上がった弥琴を、二匹の狛犬が尻尾を振って出迎えてくれた。

「タロ、ジロ、ただいま。お使い行ってきたよ」

「わふっ」

　弥琴はじゃれてくるタロとジロを撫でつつ、下駄を脱がずに奥へ向かう。

　逆さのL字形をしている燐の屋敷は、庭園と向かい合っている二階建ての居住部分と、数寄屋門の真正面にある平屋部分——幽世の門を通るあやかしたちの受付を行う

「帳場」とに分かれていた。

今弥琴たちがいる正面側の帳場は、表玄関を抜けると、中央の座敷を左側から回り込む形で、通り土間のように一本の廊下が続いている。この建物は、厳密には家屋ではなく、巨大で堅牢《けんろう》な門なのだという。幽世の門へ行くための門だ。廊下の突き当たりにはまたひとつ玄関がついており、この玄関の扉は燐が許可しない限り開くことはない。幽世の門は、その裏玄関を出た先に聳えているのだった。

表玄関に置いている衝立《ついたて》を越えると、格子壁越しに、座敷にいる燐の姿と、もうひとり、燐と向かい合うスーツ姿が見えた。弥琴は座敷に沿った廊下を折れ、座敷の左側に設けられた式台の下で下駄を脱ぐ。

横に長く、表玄関から見て左半分が応接間、右半分が書棚の並ぶ空間となっているこの座敷が、幽世の門を通る際の記録をする場所である。幽世へ行きたいあやかしはここで手続きをし、燐の許可が出れば現世を離れることができるのだ。ちなみに、表玄関のすぐ横にも小さな座敷があり、こちらは燐の不在時などに来客が待機できるようになっていた。

「ただいま戻りました」

弥琴が座敷に上がると、客と話をしていた燐が視線を寄越した。

「おかえり弥琴」

「やあやあ、おはようございます日下部様。お邪魔しておりますよ」

机を挟んで座っていた客も振り返る。品のあるスーツを着こなした細目の男は、相変わらずの柔和な口調で弥琴に語りかける。

「狐塚さん、いらっしゃいませ」

弥琴が世話になった『玉藻結婚相談所』の相談員、狐塚とは、燐に嫁ぐことを決めた日に電話で話して以来であった。結婚することについて必要な連絡は燐がしておくとのことだったので、ひとまず任せることにしていたのだ。

「お茶をご用意しますね。お菓子はおまんじゅうで構いませんか？」

「いやあ甘いものは好物ですが、お構いなく。今日はすぐに引き取りますので」

燐も頷いたので、弥琴はそのまま燐の隣に腰を下ろした。

狐塚は、相談料の受け取りに来たとのことだった。『玉藻結婚相談所』は相談者の結婚が成立すると初めて料金が発生する。彼らの組んだ縁談により嫁入りが決まった弥琴も、相談した分の謝礼をこれから支払うことになる。

「というわけで、燐様と日下部様、それぞれの相談料を頂戴したいのですが」

「はい。えっと、いくらお支払いしたらいいのでしょうか」

「弥琴、大丈夫だ。弥琴の分もおれがまとめて払う」

「え？　いや、そういうわけには」

「狐塚もあやかしだと言ったはずだぞ。人の通貨など求めていない。おまえ、狐塚に払えるものなど持っていないだろう」

確かに横丁で買い物をするときにも硬貨や紙幣などは使用していない。彼らにとっては人間のつくった貨幣などなんの価値もないのである。

「こちらとしてはお支払いいただければどなたからでも構いませんよ。あと日下部様、こそりとお伝えしておきますと、ワタクシ共がいただく相談料など燐様からしてみればはした銭ですので、とくにお気になさることもないかと」

「そ、そうなんですか？」

「確かにそうだが、おまえが言うな」

燐が狐塚を睨《にら》みつけた。狐塚はおどけた様子で鋭い視線をかわす。

「まあいい。ほら、確認を頼む」

ため息まじりにそう言いながら、燐は脇に置いていた三つの桐《きり》の箱を机の上に並べた。それぞれの箱は紐《ひも》で封がされていて、狐塚がそれを解いていく。

「ほうほう、これは見事な」

丁寧な仕草で開封された箱の中には、それぞれ鉱石が収められていた。

青や緑、紫色の混ざった石がいくつも入った箱と、黒くも見える深い赤色の石が数個入った箱、そして拳ほどの大きさの濃いオレンジ色の石がひとつしまわれた箱とがある。

「蛍石と、柘榴石《ざくろいし》、そして琥珀ですか。やあ、こちらの琥珀はとくに素晴らしいですね。此度《こたび》の相談料といたしましては十二分でございます」

「加えて、後日事務所宛てに油揚げをたっぷり送っておこう」

「なんと！　さすが燐様！　太っ腹でいらっしゃる！」

狐塚は両手を合わせて声を上げた。おそらく謝礼としての価値は鉱石のほうが高いのだろうが、油揚げのほうが遥かに嬉しそうだった。

「あ、そうそう、日下部様の人の世での社会的扱いのあれこれに関しまして、こちらでうまく手続きしておいたのですが、その一端として日下部様の携帯電話の契約を解除させていただきまして」

「え？」

「なので代わりにこちらをお渡ししますね。ご成婚のお祝いを兼ねたサービスです」

と言われ、狐塚から一台のスマートフォンを渡された。

「こちらであれば、この黄泉路横丁からでも電話やインターネットが使えますので。まあさすがに幽世では使えませんが」

「はあ、ありがとうございます」

勝手に何やら解約されていたことは驚いたが、諸々《もろもろ》の処理を任せていたのはこちらなので文句は言えない。

試しに起動してみると、電話やブラウザのアイコンが見知らぬ狐マークであること以外はごく普通のスマートフォンと変わりないようだった。元々持っていたものは横丁内では圏外となっていたために、インターネットが使える環境が戻って来るのはありがたい。

「ではおふた方とも、こちらにサインをお願いいたします」

差し出されたタブレットの画面に燐と弥琴の名前を記す。そして狐塚から受領書を受け取り、支払いは完了した。

『玉藻結婚相談所』との契約はこれで終了だ。短い期間だったが、色濃い期間でもあった気がする。

「ではワタクシはこれにて失礼いたします。燐様、日下部様、どうぞ末永くお幸せに」

立ち上がった狐塚はうやうやしく頭を下げ、見送りを断って座敷をあとにした。

背筋の伸びた後ろ姿を眺めながら、末永くか、と心の中で呟く。

「弥琴、お使いありがとう」

狐塚の姿が見えなくなったところで燐が言った。弥琴は慌てて振り返り、買って来た紙袋を燐へ渡す。

「はい、このおまんじゅうですよね」

「ああ」

燐は中身を確認すると、紙袋を弥琴へ返した。

「裏で用意しておいてくれるか」

「わかりました」

書棚の奥には小さな給湯室があり、屋敷の雰囲気にそぐわない現代的なシンクとコンロが設置されていた。あやかしたちにすぐに茶を出せるように設けたそうだ。これまで茶や茶請けの用意は燐が自分でやっていたそうだが、今後は弥琴がその役を任されることになった。

「余ったら弥琴が食っていいからな」

壁の向こうから燐の声が聞こえる。弥琴はふっと笑って「はい」と答えた。

燐が弥琴のためにわざと多めに菓子を買っていることにはもう気づいている。燐と出会った日に甘いものが好きだと言ったことと、燐と共に暮らし始めた日に落雁を夢中で食べる姿を見られてしまったことが理由だろう。以来燐は何かと弥琴に甘いものを食べさせるようになった。

（わたしが太っちゃったら、燐さんのせいだな）

まんじゅうを袋から取り出し、茶器の用意をする。ついでに茶葉の種類と在庫も確認し、適当に棚にしまわれていたのを丁寧に整理し直した。

座敷へ戻ると、燐が仕事の支度を終えていた。机の上には、ここを通るあやかしたちを記録する「出入帖《でいりちょう》」と大きなハンコ、箱に無造作に入れられた何も書かれていない木札が並べられている。

「今日は誰か来ますかね？」

弥琴は燐の隣に座った。弥琴が仕事を手伝うことになり、燐は弥琴用の座布団を新調してくれていた。

「さあな。何も来ない日も珍しくない」

「多いときは五人くらい来るんでしたっけ」

「まあそうだが、そんな日はそうそうない」

現世と幽世は、いわば別の世界。たとえ人の理とずれたところに生きるあやかしであっても、そう簡単に行き来できるものではない。

そのため現世から幽世へ向かうものは多くなく、ましてや幽世からこちらへ来るとなると、年に一体いるかいないかという程度だそうだ。

それでもいつ訪れるかわからないあやかしのために、燐はここで管理番を続けている。真面目に座敷で待っていたり、住居に戻って昼寝をしたり、横丁に散歩に行ったりと、猫のように気ままに振る舞いながら。

「来てもらって悪いが、暇を持て余すことになるぞ」

「ひとりで暇するよりは、仕事としてここにいるほうがずっといいですから」

「そうか。弥琴がいいならいいんだが」

燐はあぐらをかいたままぐっと伸びをする。両手を上げるのと一緒に、尻尾もぴんと伸びていた。

「今日からは、弥琴も一緒か」

燐が呟いた。

弥琴ははっとして背筋を正し、その場で深々と頭を下げる。

「はい、よろしくお願いします」

「そう気を張らなくてもいい。大した仕事じゃない」

「でも、燐さんに迷惑はかけたくないので」

「迷惑なものか。むしろ嬉しいくらいだ」

顔を上げると燐が笑っていた。燐は弥琴の首元に手を伸ばし、合わせを直すように少しだけ着物の衿《えり》をなぞった。

「弥琴には働かなくていいと言ってはいたが。これまではひとりだったから、こうしていつでもそばにいてもらえると、なんだか浮かれてしまうな」

独り言ちるようにそう言い、燐は丸い目を細めた。

弥琴は堪《たま》らず俯いてしまう。頬を両手で包むと、発熱したときのように熱くなっていた。

(燐さんよりも、たぶん、わたしのほうが浮かれてるよ)

日々の生活で誰かがそばにいることの幸せに気づいたのは、弥琴も同じだ。自分を待つ人のいる家に帰り、また自分もその人の帰りを待つ。何気ないことを話し、些細なことで笑う。そんな、人として当たり前にも思える小さな幸せを、弥琴は燐と暮らす日々の中で知っていった。

この結婚は、かりそめだ。逃げ道として選んだ結婚生活であり、燐と弥琴との間に真に夫婦と言える絆《きずな》はない。

それでも燐のさりげない優しさを素直に嬉しく思うし、燐が微笑んでくれると自分も自然と笑ってしまう。心の支えのない日々を送っていた弥琴にとって、今のこの毎日は、十分すぎるほどに満たされていた。

(燐さんが、本物のお嫁さんを見つけるまで)

いつかまた、必要とされなくなる日が来るだろう。けれどそれを決めたのは自分だ。だからその日まで、この場所で人間らしく生きていこう。弥琴はそう考えていた。

「さて、弥琴の初仕事の日だ。何か来るといいな」

燐が羽織を払い座り直す。

弥琴も深呼吸をして、両手で頬をぺちりと叩いた。

「よし、頑張るぞ」

「だから気を張らなくていいと言ったろ」

「でも、わたしにもちゃんとお手伝いできることがあればいいなって思って」

「ないときはないし、あるときはある。まあ、気楽にやればいいさ」

燐がのんびりとそう言った直後。尖った耳の先がぴくりと動いた。

「お、幸先《さいさき》がいいな」

燐が表玄関のほうを見る。弥琴もつられてそちらを向いたが、なんの姿もなかった。

「え？」

首をかしげると、燐は「何か来たようだ」と続ける。

「弥琴、茶の用意を」

「は、はい」

言われたとおりに給湯室で支度をしていると、間もなく表玄関から声が聞こえてきた。

「ごめんください」

か細い声だ。高くもなく低くもない。耳心地のいい、琴の音色を聞いているかのような声だった。

声の主は、からんとささやかな下駄の音を響かせながら、中へと入って来る。

「幽世へ行くには、こちらからでよろしいでしょうか」

「ああ、よく来たな。おれは管理番の燐だ。どうぞこちらへ」

「失礼いたします」

弥琴は淹《い》れたての茶とまんじゅうを盆に載せ、座敷へと戻った。燐の向かいに座るあやかしの前に、銘々皿と湯呑みを順に並べる。

「どうぞ」

「お気遣いありがとうございます。いい香りですね」

「ありがとうございます。わたしは弥琴と申します」

弥琴が頭を下げると、あやかしも同じように返してくれた。

そのあやかしは、人に近い容姿をしていた。触れてもぬくもりがなさそうなほど白い肌に、唇だけが淡く紅《あか》く色づいている。柳色の着物に身を包み、細長い目は、薄紫色の長髪と同じ色の瞳を持っていた。

着物の形は女性物だが、本人の声や姿からは女性とも男性ともとれる。どこか、まぼろしのような儚《はかな》さを滲《にじ》ませるあやかしだった。

「弥琴はおれの嫁だ。今日から共に管理番を務めることになってな、おまえが弥琴の初仕事の相手なんだ」

「ああ、そうなんですか。ふふ、これもひとつのご縁ですね」

「はい、あの、よろしくお願いいたします」

弥琴はもう一度頭を下げた。顔を上げると、薄紫の瞳がじっと弥琴のことを見ていた。

「弥琴さんは、人ですか？」

そのあやかしは、ゆったりとした口調でそう言った。怪しまれているのだろうかと思いつつも「はい」と素直に答えた弥琴に対し、あやかしはしんみりと頷いた。

「人は好きです。私はずっと、人にお世話になってきましたから」

あやかしは穏やかに微笑み、視線を燐へと移す。

「申し遅れました。私、藤《ふじ》と申します」

そう名乗ったあやかし――藤に、燐は「なるほど」とつぶやいた。

「付喪神か」

「おっしゃるとおり、私は藤の花の描かれた掛け軸の付喪神でございます」

付喪神とは、古い道具に精霊が宿ったものであると、弥琴は本で読んだことがあった。人に悪さをすることもあるそうだが、藤はそういった類には見えなかった。

「付喪神が、なぜ幽世へ？」

燐が問うと、藤はひと口茶を啜《すす》ってから話し出す。

「実は先日、火事で私の本体が焼失してしまいました。本体が焼け落ちるのと共に、付喪神としての私も消えるものと思っていましたが、付喪神となり長い年月が経っていたおかげか、この身だけは残ることとなりました」

藤は、一度ゆっくりとまばたきをした。悲嘆している様子はなく、自分の身に起きたことを淡々と受け入れているようだった。

「しかし本体がこの世にないまま現世に在り続けるわけにもいかないと考え、幽世に渡ることを決心したのでございます」

「そうか。それならば、幽世へ行くことを認めない理由はないが」

藤の話に納得しつつも、燐はすぐに手続きを始めようとはしない。机の上の木札を指で遊ばせながら、「藤よ」と目の前のあやかしの名を呼んだ。

「依代を失くした付喪神となると、一度幽世へ渡ってしまえばおそらく二度と現世へ戻ることはできない」

「ええ、承知しております」

と素直に頷いた藤に、しかし燐はこう続ける。

「藤。幽世へ行く前に、現世でやり残したことはないか？」

問われた藤は、ほんのわずか沈黙した。

燐は手を止め、じっと薄紫色の付喪神を見つめていた。

ややあって、藤の唇が開く。

「……ひとつだけ」

ぽつりと呟き、藤は静かに目を閉じた。

「友に、会いとうございます」

零された小さな願いは、本当なら、どこにも漏らさずに大事にしまっておくつもりだったものなのだろう。

しかし燐と弥琴は聞いてしまった。消え入りそうなその声に込められた、切実な思いにも、気づいてしまった。

「友？」

「今の持ち主に渡る前の主のもとで、共に在った刀の付喪神です。名を、綾国《あやくに》と言います」

藤はふたたび瞼《まぶた》を開き、胸に手を当てながら、忘れたことはないのだろう友のことを語った。

「共に床の間に飾られておりまして、長い時間を一緒に過ごしました。戦に使われたことはないらしく、大変穏やかな気質の刀です。大切な友でしたが、私が主を替えることとなり、離れ離れとなりました。本体を失い神霊のみの身になったとき、一番に浮かんだのがこの友の姿です。会いたい、今なら会いに行ける、そう思いました」

ですが、と、藤はわずかに目を伏せる。

「綾国と離れすでに数百の年を経ております。あれが今どこに在るのか、私にはわからないのです」

ゆるゆると首を振る藤の表情は穏やかで、色濃い感情は表れていない。だが、黙って話を聞いていた弥琴の目には、どこか寂しく、憂いを秘めているように映った。

（会いたいのを、諦めて、ここまで来たのかな）

弥琴は横目で燐を見上げる。燐は眉を寄せ、少し難しそうな顔をしていた。

「刀の付喪神か。綾国とは刀工の名だろう。綾国の作は名物もいくつかあるはずだが、そも数が多い。おまえの知る綾国に、号は付けられていないのか」

「どうでしょう、覚えはありません」

「そうか……名のある刀であれば見つけるのも容易《たやす》いだろうが」

藤の話だけでは、藤の友である『綾国』を捜すのは難しいと燐は踏んでいるようだった。確かに、刀はこの世に数多《あまた》あり、そしてまた刀の付喪神も多く存在するに違いない。

「そもそも、綾国が現存しているのかもわかりません。私のように、すでに本体を失ってしまっているやも」

「その可能性は、大いにあるな」

「なので、もう構いません。それに、ややもすると、綾国も幽世にいるかもしれませんし」

藤は正面から燐を見つめ、ほのかに笑んだ。

燐は何か思案しているのだろうか、腕を組んだまま、口を噤んでいた。

「あの」

と声を上げた弥琴に、燐と藤の目が同時に向けられる。

「でも、一応、捜してみませんか？」

自分から発言しておきながら、見目麗しいふたりにじっと見つめられ、弥琴は居たたまれずふらふらと目を泳がせた。

それでも言葉を続ける。藤をこのまま幽世に行かせては、きっと自分が後悔してしまうと思ったから。

「わたしには、現世から幽世に行くことがどういうことかよくわからないですけど、でも藤さんにとって、次の人生……人生って言うのかな？　とにかく、新しい一歩を踏み出すってことなんですよね」

境遇はまったく違うが、弥琴も新たな人生を歩き始めたばかりだ。単に嫌なことから逃げ出したに過ぎないし、すべてが望みどおりだったわけでもない。しかし確かに自分の意思で、足枷《あしかせ》となる荷物を手放して、まっさらな一歩を踏み出した。弥琴にとっては、すべてを捨てることが前を向くために必要なことだった。

藤は弥琴とは逆だ。新しい道にも持って行くべきものがある。それを置いて行ってしまえば心残りとなり、いつまでも後ろへ引っ張られてしまうだろう。

「だったら絶対、うやむやにしないほうがいいですよ。もちろん、捜しても見つからなかったら本当に諦めるしかないですけど。なんか、どうなるにしても、ちゃんと納得行く形で前に進みたいじゃないですか」

弥琴は、揺れ動いていた視線を、いつの間にか真っ直ぐに藤へと向けていた。

目の前のあやかしには、自分と違い、捨てられないものがある。弥琴にはそれが羨ましかった。弥琴は捨てるべきものしかなかったからこそ、そうでないものを持っていることは、とても大切なことだと知っていた。

だからどうか、後悔しないでほしいと、そう思ったのだ。

「だって、せっかくの門出なんですから」

藤は、まばたきひとつすることなく弥琴を見ていた。その表情からは何を思っているかは読み取れない。

かすかに藤の唇が動く。だが、藤は何も発することはなかった。

「弥琴の言うとおりだな」

代わりに燐が口を開いた。弥琴が振り向くと、燐は一度弥琴と目を合わせてから、ふたたび藤と向き合った。

「このまま送り出しても、おれも気分が晴れない。話を聞いてしまったからにはやれることくらいはやってみないとな」

「……ですが」

「まあ、急ぐ旅でもあるまいし、少しくらい道草を食ってもいいだろう。ともすると、案外すぐに見つかるかもしれないぞ」

なあ、と燐に振られ、弥琴はこくこくと頷いた。

いわば箱入りの藤は、友を捜す術《すべ》すら知らなかったのだ。すでに一生懸命挑んだあとであるなら可能性は薄いだろうが、そうでないならまだ希望はある。

「燐さん……弥琴さん」

藤は、きゅっと唇を結び、燐と弥琴を順に見た。

ほんの少しの間のあとで、薄紫の髪がさらりと流れる。藤は畳に指先を突き、ゆっくりと頭を下げた。

「……よろしくお願いいたします」

藤のその言葉に、弥琴は燐と目配せして頷き合った。

絶対に見つけると言える自信はないけれど、自分にできることをしよう。弥琴は両手を握り締め、小さく気合を入れる。

「さて、ではどう捜すかだが」

燐がこつりと机を指でつついた。

弥琴は、顔を上げた藤にかつての持ち主のことを問いかける。

「どんな人だったか覚えていますか？　家柄みたいなものとか、名前とか」

「そうですね、武士だったことは確かですが、私はずっと家の中に在ったものですから、外のことには疎く、あまり詳しいことは。申し訳ありません」

「そうですよね……」

「名を、私たちは『雪殿《ゆき》』と呼んでおりました」

「雪殿？　うぅん、それだけじゃ難しいな」

弥琴がぐにぐにと首を傾《かし》げていると、次は燐が藤に訊ねた。

「藤は、どういう経緯でその雪殿のもとから手放されることになったんだ」

「ああ、それは」

と、藤は少しだけ口元を緩ませる。

「私はお礼の品だったのです。今の主の祖先が、倒れた雪殿を介抱し、その礼として渡されました」

「そうか、礼の品か。そこから、ずっと同じ家に在ったのだよな」

「ええ。土地を転ずることもありませんでした」

「ならばそこから調べるのがいいかもしれないな。弥琴がいれば人に話も聞ける」

よし、と燐が立ち上がる。羽織の衿を直しながら早速といった様子で座敷を下りようとする燐を、弥琴は四《よ》つん這《ば》いの無様な姿勢で止めた。

「ちょ、ちょっと待ってください。あの、それって、藤さんの家に行くってことですか？　今から？」

「そうだが。なんだどうした、弥琴が言い出したのだろう、藤の友を捜そうと」

「そうですけど。いやもちろん行きますけど」

少し展開が早くて付いていけなかっただけだ。元来弥琴は行動力のない人間なのだ、動き出すには心構えをする必要がある。

「ちなみに、藤さんのいたお宅というのはどちらに？」

弥琴は四つん這いのまま、まだちょこんと座っている藤に訊ねる。

すると藤は細い目をより細め、ゆったりとした口調で答えた。

「ええ、信濃です」

＊

洋服に着替えながら、もらいたてのスマートフォンで、急いで長野県までの行き方を調べた。

五分で支度と調べものを済ませ、先に大門で待っていてもらった燐と藤と合流し、このふたりにも新幹線代はかかるのだろうかと、調べたばかりの移動手段と交通費に思いを巡らしながら燐に付いて大門を抜けると、弥琴は長野の地に立っていた。

「え?」

あほ面を浮かべる弥琴の目の前には、豊かな田園風景が広がっていた。緑の山々も雄大に連なり、その麓には集落も見えている。

振り返ると、古い石の鳥居と、鬱蒼《うっそう》とした木々に囲まれた石段があった。神社だろうか。石段の上に社があるのかもしれないが、ここからは何も見えなかった。

「……え?」

弥琴たちが立っているのは、古い神社の前の道端だった。ひび割れたアスファルトで舗装された道路には、右を見ても左を見ても人っ子ひとり見当たらない。

いるのは付喪神の藤と、なぜか猫になっている燐だけだった。

「え、ここは?」

「藤の家にもっとも近い出口だ。信濃の……諏訪《すわ》の地域か」

「私はここから黄泉路横丁へ向かいました」

「え、てことはもう長野ですか?」

「ああ」

なんてことだ、と弥琴は心の中で叫んだ。横丁の入口にあるあの大門が、これほど便利なものだったとは知らなかった。

「横丁への入口は各地に複数あると、聞いていなかったか？」

聞いてはいたが、聞き流していたのだ。

横丁の入口は一方通行ではない。出入り口である。つまりこちら側からも全国各地の出入り口へ出ることができると、そんな当たり前のことを弥琴は考えついていなかったのだった。

「ちょ、超便利……！」

「あやかしの多く棲む地域には大抵繋がっているが、無闇に使って迷子になるなよ」

「は、はい。肝に銘じます。ところで燐さんはなんで猫ちゃんスタイルなんですか？」

弥琴は足元にお行儀よく座っている小豆色の猫を見下ろす。

燐はゆらゆらと二股の尻尾を揺らしながら、人型のときと変わらない琥珀色の瞳を弥琴に向けていた。

「おれは人に姿を見せることができるが、とはいえあやかしの姿を現すわけにはいかんだろう。藤も常人には見えない」

「もしも弥琴がおれたちに話しかけたら、他の人間からは独りで喋っている変人に見られる。だがこの身ならば人の前に姿を見せられる」

「あ、わたしへのお気遣いだったんですね……ありがとうございます」

猫に真面目に話しかけている人間もそれなりに変人に見られそうだが、燐の気遣いを無駄にしたくないので、黙っていることにした。

「そういえばわたしって、なんであやかしが普通に見えるんでしょうか。これまではそんなことなかったのに……」

「一度この世界に触れ、知ってしまえば、もう知らぬ頃には戻れんだろう」

「そういうものなんですか？」

つまり弥琴はあやかしが見える体質になってしまったということだ。ならば先ほどからあの山の向こうに見えている、山よりも大きな半透明の物体も、幻覚ではないということだろう。

弥琴はもう何も考えないことにした。現実から目を逸らすことは得意だ。

「さて、早速向かおうか」

藤の案内で、弥琴たちは藤が暮らしていた家へと向かった。藤は時折立ち止まっては辺りを見回し、けれど迷わず元の棲み処への道を辿っていく。

ずっと家の中に在ったために外のことには詳しくないと言っていたはずだ。だが、だからといって無知であるようにも見えなかった。

「藤さんって、前から黄泉路横丁への入口のことは知っていたんですか？」

道中そう訊ねると、藤はこくりと頷いた。

「家の中にあっても、度々通りすがりのあやかしが遊びに来ましたから、ある程度は外界のことも聞き及んでいます。幽世の門のことも、いつぞやどこぞのあやかしから教えてもらいました」

現世に棲むあやかしのほとんどが、幽世の門と、その管理番である燐のことを知っているはずだ、と藤は言う。

「へえ、そうなんですか。燐さんって有名人だったんだ」

「横丁への入口は、詳しい場所までは知らなかったので、出会うあやかしたちに訊ねながら捜しました。ああ、ちょうどそこにいるあやかしが教えてくれたのです」

「……へ？　ぎゃあ！」

弥琴は思わず飛び退《の》いた。脇の林の中に、木の幹のような胴と一本足を持った、二メートルを優に超えるあやかしが立っていたのだ。

「ひえっ……」

「先ほどはどうもありがとうございました。一度帰っては参りましたが、おかげで黄泉路横丁へ行くことができました」

藤が礼を言うと、そのあやかしは牙だらけの口でにいっと笑い、林の奥へと去っていった。

弥琴は鳴りやまない心臓を押さえながら、力の抜けた足をどうにか踏み出し、よろよろと歩きだす。

「弥琴、大丈夫か」

「は、はい。横丁の皆で慣れたと思っていましたけど、知らないあやかしはやっぱりちょっと怖いですね」

「現世のあやかしに、人に害を与えるものはいない。安心しろ」

それなら幽世には恐ろしいあやかしもいるのだろうか。もちろん、答えを聞くのが怖いので訊ねることはしない。

(あやかしが見えるようになるって、大変だな……)

慣れるしかないのはわかっている。慣れる日が来るのかはわからない。

やがて弥琴たちは、山の麓にある集落へと入っていった。年季の入った一軒家ばかりが点々と建つのどかな街並みの中、ツツジの垣根に囲まれた一軒の家の前で、藤は足を止めた。

「ここが、私の在った家です」

広い敷地の家だった。がらんとした前庭には軽トラックが一台停《と》まっているほか、小さな家庭菜園のスペースがあり、その奥に築年数の古そうな木造の民家が建てられている。

土地は広いが豪邸というほどでもなく、付近の他の家々と比べてもとりわけ特別感のあるわけではない、ごく普通の田舎家だった。

「あちらが、私が置かれていた蔵です」

藤は、民家の左側を指し示した。そこには白い壁の蔵が建っていた。

建物自体はそのままに、屋根の半分ほどが焼け落ちてしまっている。弥琴は、藤が火事で焼けたと言っていたことを思い出した。

(ここが、藤さんがずっと在った場所なんだ)

無事に辿り着いたのはいいが、ここからどうしようか。そう思っていたとき、

「うちに何かご用ですか?」

と声がし、弥琴ははっとして振り返った。

弥琴たちが来た道と逆の方向から、農作業着姿の女性がこちらへ歩いて来ていた。

五十代くらいだろうか、弥琴の年齢からすると、親世代の年の頃に見える。

「あ、こちらの、ご自宅の方ですか」

「ええ、そうですが」

女性は弥琴たちの前……自分の家の前で立ち止まる。とくに不審がっている様子はなく、きょとんとした顔で弥琴を見ていた。

「あの、わたし、日下部と申しまして、あのですね、今大学で、この地域の文化財を研究していまして、そのフィールドワーク中でして」

弥琴は咄嗟《とっさ》に適当な理由をでっち上げた。大学は四年も前に卒業しているが、良くも悪くも若く見られがちな顔立ちなので大学生で通せるだろうと思ったのだ。当然のごとく文化財の研究などしたことはないから、そちらを深く追及されるとお手上げだが。

「その、こちらのお宅に、藤の花が描かれた掛け軸があると伺ったのですが」

弥琴は内心戦々恐々としながら訊ねた。

すると、女性は疑うこともなく「あら、よくご存じで」と明るい声で答えた。

「確かにうちに藤の花の掛け軸はあったけど……え、もしかしてあれ、結構すごいものだったりしたの？」

「あ、いえ、かもしれないってだけで」

「あらそう。でも、ごめんなさいね、実はあの掛け軸、先日火事で焼けちゃったのよ」

女性は「ほら、あれ」と、先ほど藤が示した敷地内の蔵を指さす。

「蔵に雷が落ちてね。すぐに消火したから全部は焼けなかったけど、あの掛け軸は駄目だったの」

微笑みながらも眉を下げ、残念そうに女性は語った。

「大事なものだったから、大切に仕舞っていたんだけど。大事にしすぎないで、ちゃんと母屋に飾っておいてあげたらよかったわ」

「……そうだったんですか」

「そういうわけで、もううちにはないの。せっかく来てくださったのにごめんなさいね」

「いえ、こちらこそ、急にお邪魔してしまってすみません」

そのとき、女性が燐に気づき「あら可愛い猫ちゃん」と猫撫で声を上げた。燐は「うにゃあ」と鳴き、猫を被っている。

「ちなみに、その掛け軸がどういった経緯でこちらのお宅に来たかご存じですか？」

燐を撫でようとしていた女性が顔を上げた。その隙に燐はそそくさと女性から逃げた。

「確か、聞いた話では、江戸時代の初め頃にお侍さんから戴《いただ》いたそうよ。うちの先祖が、急病で倒れたお侍さんを看病してあげたらしくて、そのお礼でもらったって」

「そのお侍さんのお名前ってわかりますか？」

「なんだったかなあ。おじいちゃんが言ってたことがあるんだけど……山崎《やまざき》、じゃなくて田崎《たざき》でもなくて、えっと、尾崎《おざき》、あ、そうそう尾崎だ」

尾崎雪成《ゆきなり》、と女性が言った。

弥琴の隣で、藤がはっと息を呑む。

懐かしむように、女性の口にした名を繰り返す。

「そうです。雪殿は、そのような名で呼ばれていました。尾崎家の雪成殿。私と綾国の、元の主の名です」

弥琴は藤に返事をしかけ、慌てて言葉を飲み込んだ。女性には藤の声は聞こえていないのだ。

「雪成さんはね、藩主に仕えていた藩士だって聞いてるわ。まあ随分昔のことで、祖父たちから伝え聞いているだけだから、本当のことかはわからないけど」

「その雪成さんが、綾国という刀を所持していたことは知っていますか？」

「さあ、そこまでは。元々歴史とかには詳しくないの」

「そうですか……すみません、色々訊いてしまって」

弥琴は頭を下げ、女性に礼を言った。

綾国の所在についてはわからないままだが、元の持ち主の名前がわかっただけでも収穫はあった。その名をもとに調べていけるかもしれない。

「これもご縁だし、上がってお茶でもいかが？」

女性は弥琴を家の中へと誘ったが、弥琴は両手を振った。

「いえ、お気持ちだけ。他にも行くところがあるので。ありがとうございます」

「あらそう。お勉強、頑張ってね」

えへへ……と苦笑いを浮かべる。どうやら学生という設定は一切疑われていないようだ。

弥琴は再度礼を告げ、藤のいた家から立ち去ろうとした。

しかし、付いて来ようとしない藤に気づき足を止める。

「ふ、藤さんっ」

と小声で呼んでも、藤は突っ立ったまま動かない。

掛け軸に描かれていたのだろう藤の花と同じ色の瞳で、藤はじっと、長い時間を過ごした家を見つめていた。

薄い唇がそっと動く。

「この家の者たちは、私を大切にしてくださいました。飾れば日に焼けるからと箱に仕舞い、けれど時折は陽光と風を浴びせ、丁寧に扱ってくれた。そのおかげで、私は虫に食われることもなく、最後まで綺麗なままでした」

「……」

「ありがたいことです。ただの古い掛け軸である私を、美しいと言い、宝物のように思ってくださった」

藤の言葉は、自分を守れなかった人間たちへの恨み言ではなく、長年愛し続けてくれたことへの感謝の思いだった。

「藤さん……」

人によって作られた物であり、人の思いによって生まれた付喪神。物にもまた、人のように心が宿り、生きてきた時に思いを馳《は》せる。

だがその声は、伝えたい相手に届くことはない。

物である藤の思いなど、本当なら、決して届くことはない。

「あの」

弥琴は振り返り、見送ってくれている女性へ向き直る。女性は、すぐそばにいる付喪神ではなく、弥琴のことだけを見ている。

「藤の花の掛け軸ですが、長い間この家の人たちに大切にしてもらって、喜んでいると思います。きっと、感謝していると思います」

すると、女性は少し驚いたような顔をしたあと、

「ありがとう。そう思うようにするわ」

と、息を吐きながら微笑んだ。

藤の家を後にし、弥琴はまず尾崎雪成という人物についてスマートフォンで検索した。だが、幕末の有名人ならともかく、一介の藩士が歴史に名を残しているわけもなく、インターネットからは有益な情報を得ることができなかった。

「うぅん……やっぱりわからないか。でも、恐らく地元の人ではありますよね。郷土資料なんかに名前があったりしないですかね」

望みは薄そうだが、念のため当たってみることにした。ここから一番近い図書館を調べ、そこを次の目的地に決めた。

「藤、あの家への別れはあれだけでよかったのか」

バス停までの道すがら、てちてちと歩きながら、燐が藤に話しかける。

「ええ。黄泉路横丁へ行く前に、別れはすでに済ませていましたから」

「そうか」

「でも、こちらの言葉を伝えることはできませんでした。伝えられたのは、弥琴さんのおかげです」

ありがとうございます、と藤に言われ、弥琴は照れ笑いを浮かべた。

あの女性は、弥琴の言ったことが本当に掛け軸の言葉であったとは思いもしないだろう。もしかすると心にも残らずすぐに忘れてしまうかもしれない。だが、届けられなかったはずのものが届いたのなら、伝えた意味はきっとあるはずだ。

人とあやかしは決して交わらない。でも、人の知らないところで、人に寄り添い生きているあやかしもいる。声も心も、その存在すらも伝えられなくても、あやかしは人を見守っている。

「藤さん、ひとつ、訊きたいんですけど」

弥琴の呼びかけに、藤は「はい」と返事をした。

「雪成さんは、藤さんをあの家にお礼として贈ったんですよね。そのとき、藤さんはどんな気持ちだったんですか？」

「どんな気持ちか、ですか」

「雪成さんに手放されることになって、悲しくはなかったのかなって」

先ほどの言葉で、藤が自分の持ち主である人間に心を寄せていることを知った。それならば、以前の持ち主である雪成にも同じように親しみを抱いていただろう。

その人の手によって他の人間のもとへ渡されたとき、藤は何を思ったのだろうか。

心がありながら、抗《あらが》うこともできず何も伝えられない付喪神は、そんなとき、どんな思いで人間を見ていたのだろう。

「いいえ。友と離れ離れになることへの寂しさはもちろんありましたが、悲しくはありませんでした。むしろ、誇らしくあったのです」

藤は迷うことなく答えた。

弥琴に微笑みかけ、それから過去を思い返すように視線を晴れた空へと飛ばす。

「雪殿は、あの家の者を命の恩人と考えていました。命を救ってくれた礼に、自らの命と比べられるほどの宝として私を差し出したのです。武士とはいえさして裕福ではない暮らしの中、雪殿は私を心底大切にし、だからこそ私を礼の品に選んでくださいました。私には、あのときも今も、それが自慢でしかありません」

悲しくなかったか、などと問いかけたことを恥ずかしく思った。独りよがりな考えなど、あまりに長い時を人と共に過ごしてきた付喪神の思いには及ばないのだ。

藤は、たとえその人のもとを離れることになっても決して傷つくことのないほどに、人に大事にされ、人を大事にしてきた。そして。

「藤さんは、綾国さんのことと同じくらい、雪成さんのことも好きだったんですね」

そして、そんな人に愛された、自分のことも好きだった。

「ええ。綾国に会えたら、雪殿のことを一緒に話したいです」

藤が顔をほころばせる。弥琴は頷いて、目的地へ向かう足をまた一歩踏み出す。

（藤さんが、綾国さんに会えたらいいなあ）

弥琴にとっての雪成は大昔の人だが、藤にとっては思い出の中の人なのだ。その思い出を共有し語り合えるのはたったひとり。

そのたったひとりの友を捜している。

弥琴たちは最寄りのバス停から図書館まで向かった。渋る燐を鞄の中に隠し、バスに揺られ三十分ほど。地域を巡回するバスは、図書館前のバス停で停まった。

バスで一緒になった乗客に聞けば、この図書館は地元民に親しまれている、地域に根付いた施設であるという。地元の歴史にかかわる事柄を調査するにはうってつけのはずだ。

「ようやく着いたか」

バスから降りたところで、燐が鞄からひょこりと顔を出す。

「はい、燐さんお疲れ様です」

「あやうく寝るところだった」

燐は大きくあくびをすると、弥琴の鞄から飛び出した。地面に着地し、背中をぐっと反らせて伸びをする。

「……さて、次は書物の調査か」

「そうですね。郷土資料から雪成さんのことがわかればいいですけど」

雪成の家——尾崎家に関することが少しでもわかれば、綾国の行方にも繋がるかもしれない。

だが、もしここで何もわからなければ、行き詰まってしまうことになる。

「わかるもわからんも、まずは探してみてからだ」

燐が言う。弥琴は、軽くなった鞄を肩にかけ直す。

「そうですよね。頑張って探しましょう」

「燐さんも弥琴さんも、ありがとうございます」

「礼をもらうのはすべてが終わってからだ。さあ弥琴、藤、行くぞ」

尻尾を振り上げ、燐は意気揚々と入口へ向かって行く。弥琴は「はいっ」と返事をしてから、先導していた燐をむんずと捕まえた。

「うにゅっ……なんだ？」

燐が目を丸くする。

「燐さんは、ここで待っていてくださいね」

「何？」

弥琴は燐を抱き上げると、植木のそばのベンチに置いた。燐はぽかんとした顔で弥琴を見ている。

「すみません燐さん、猫ちゃんは図書館の中には入れませんから。さすがにここで鞄に隠すわけにはいかないですし」

「なんだと？」

「わたしと藤さんでしっかり探してきますので、いい子で待っていてくださいね」

うにゃうにゃと言っている燐の頭を撫で、弥琴は藤と共に図書館の中へと入っていく。

入口を抜けたところでふと藤が、

「思ったのですが、燐さん、あやかしの姿に戻れば共に来られたのでは？」

と言い、確かに、と弥琴は思ったが、ガラス窓越しに見えた燐がすでにふて寝を始めていたので、そのままにしておくことにした。

館内図を頼りに、県の資料が置いてある公開書庫へ向かう。

弥琴は、そこで待ち構えていた書籍の多さにたじろいだ。行政や産業、地理、文学など、この地域に関係する様々な文献が集められている中、あるかどうかもわからない目的の情報を探し出すことの困難さを、一瞬のうちに悟った。

（とりあえず歴史のところから探せばいいんだよね……）

郷土の歴史が集められている書架に移動し、目に付いた一冊を開く。適当にページを捲《めく》ってみるが、求めている名前は見当たらない。

そもそもこの本が欲しい情報を探すために適切かどうかもわからなかった。手に取る本に見当を付け絞っていくべきだろうが、どんな文献に絞ればいいのかすら判断ができない。

（……資料探しって、会社にいたときから下手だったんだよね）

学生のときに真面目に勉強しなかった付けが回ってきたのだろうか。いや、自分なりに頑張ってはいたのだが。要領が悪く、上手いやり方を身に付けられなかっただけで、決して不真面目だったわけではない。

と頭の中で言い訳をして、今はそんなことどうでもいいと首を振る。

（うぅん、どうしたらいいのかな。藤さんと手分けして、片っ端から読んでみるしかないかな）

骨が折れるが、他の方法が思いつかなかった。

燐にはしっかり探してくると言っておきながら初《しょ》っ端《ぱな》からこの様だ。弥琴はため息を吐きながら、手に持っていた本を棚に戻した。

そのとき。

「何かお探し？」

と声をかけられ、弥琴ははっとした。

（そうだ、図書館の人に訊ねれば何かわかるかもしれない）

そう考え、「はいっ」と藁《わら》にも縋《すが》る思いで振り向いた。

声を上げなかったことを褒めてほしいと思った。

弥琴が振り向いた先にいたのは、図書館の人ではなく、そもそも人ですらなかったのだった。

「何かお探しなら、ご協力しまぁす」

目元を布で隠し、床まで届く長い黒髪をした女のあやかしが、棚の脇からこちらを覗いていた。青白い肌に、真っ赤な紅を引いた唇が目立つ。やけに華やかな着物の柄が、不気味さを煽《あお》っているようでもあった。

「……っ！　……！」

静かな館内に絶叫が響く前に叫びを飲み込み、藤に縋りつくことで気を失うことにも耐えた。

一旦あやかしから目を逸らし、破裂しそうな胸に手を当てる。

(近くに、人がいなくて、よかった)

いくら叫ばなくとも、この奇行を見られれば怪しまれたはずだろう。周囲の人間には、この謎のあやかしはおろか、藤の姿さえも見えていないのだ。

弥琴はとりあえず冷静になろうと、何もない場所を見ながら深呼吸を繰り返した。

すると。

「あなたは、文車妖妃《ふぐるまようひ》さんですか？」

と、弥琴と違いわずかも動揺していなかった藤が、あやかしに話しかける。

「はぁい、そうでございまぁす。本のことならなんでも訊いてくださぁい」

「おや、この館にも棲んでいらしたのですね。私は藤と申します。こちらは弥琴さんです」

「どぉもぉ」

和やかに挨拶を交わす二体のあやかしたち。

弥琴は、現世のあやかしは怖くない、と念じて、腹を括《くく》り見知らぬあやかしに向き直った。

文車妖妃、と藤が呼んだあやかしは、白い歯を見せにたあっと笑う。

「あ、ど、どうも……藤さん、お知り合いですか？」

「いえ、この方とお会いしたのは初めてですが、文車妖妃というあやかしのことは知っています。文車妖妃も、私と同じ付喪神のようなものだそうで」

「あたし、紙と言葉と人の思いから生まれたのぉ。だから紙と言葉のことには詳しいのぉ。ここにある紙と言葉は、全部知ってまぁす」

文車妖妃は赤い爪の指先で、書架に並ぶ文献をなぞる。

「……全部知ってる？」

弥琴は文車妖妃の言葉に反応した。

「はぁい」と文車妖妃は答える。

「それってつまり、どの本に何が書かれているか把握しているってことですか？　ここにあるものすべて？」

「はぁい。だから何かお探しなら、ご協力しまぁす」

弥琴は藤と目を見合わせる。

そして、ひとすじの糸のような望みを託し、文車妖妃に問いかけた。

「なら、尾崎雪成さんという方と、その家にあった綾国という刀について書かれた本はありませんか？」

答えはあっけなく返ってくる。

「雪成っていうのは知らないけど、尾崎と綾国なら知ってまぁす」

文車妖妃は数多くの本の中から、迷うことなく一冊を取り出した。信濃国の歴史が書かれた文献のようだ。

文車妖妃はその本を、やはり迷うことなく捲り、とあるページを開いて弥琴に見せる。

「尾崎も綾国も、ここに書いてありまぁす」

弥琴は本を受け取り、内容に目を通す。

江戸時代初期の話だ。尾崎成愛《なりちか》という武士に娘がいた。美貌で評判だった娘は、成愛の仕える藩主の目に留まり、世継ぎの側室として嫁入りすることとなる。その際に成愛は、尾崎家に伝わっていた刀——刀工綾国作の刀を、嫁入り道具として娘に持参させた。

「これ……」

弥琴は、目でなぞった文章を、頭の中で組み立て、理解していく。

「綾国作の刀って」

本に記されているのは確かに尾崎の家の人間と、綾国という刀の話だ。

「でも、成愛さん、というのは」

「成愛殿、懐かしい名ですね。雪殿のご子息ですよ。私が尾崎の家を離れる頃に、元服し、名を成愛と改めたばかりでした」

「雪成さんの息子？　じゃあここに書いてあるのは、やっぱり雪成さんのご家族の話ってことで……綾国さんは、雪成さんのお孫さんと一緒に家を出ていたってこと、ですよね」

資料には続きがある。

その後、成愛の娘は嫁ぎ先で三人の子を産んだ。末の子は、のちに他の大名家に嫁すこととなり、綾国はその際にも守り刀として、嫁入り道具に名を連ね持ち出されている。

本人の意思とは無関係に結婚が決まる時代。しかし尾崎の血を引く娘たちは、大名の妻としての役割を背負いながらも、夫に愛され幸福な人生を送ったという。またこの縁組は、互いの家にもさらなる繁栄をもたらした。

この物語を、人々は、娘たちと共に在り続けた刀の名に込めた。血を吸わず、家を守り、縁を繋ぎ渡した綾国の刀は、やがて良縁を結ぶ刀──『結《むす》び綾国』と呼ばれるようになった。

「……結び綾国」

弥琴は、紙の上に書かれたその名前を口にする。

「この結び綾国という刀は、藤さんのお友達の綾国さん、でしょうか」

「ええ、恐らく。私の知る限り、尾崎の家に綾国という刀は、あれ一振りのみでしたから」

「だったら綾国さんは、雪成さんの家を出たあと、大名のところに行って、号を付けられて……」

唯一の名を持ち、有象無象となり果てず、特別な一振りとなった。

(こうして本に書かれ、残されるくらいの刀に)

その刀は、今、どこにあるのだろう。

今もこの世にあるのだろうか。

「結び綾国のことなら、他にもたくさんの本に書かれていまぁす」

文車妖妃が伸ばした人差し指をぐるんと回す。

「たくさん？」

「あっちもそっちも上の階の棚にもぉ」

「……ってことは、かなり有名な刀ってことじゃないですか！」

弥琴はその場でスマートフォンを取り出し、『結び綾国』と検索してみた。

情報は瞬く間に提示される。

安土桃山時代に作られた、刀工綾国作の打刀。一介の武家であった尾崎家から、名のある大名家のもとに渡ったおかげでもあったのだろう、結び綾国は現在、国の重要文化財に指定され、東京の博物館で大切に管理されているという。

（じゃあ綾国さん、今もちゃんと残ってるんだ）

弥琴は画面を見ながらほっと息を吐いた。

（失われていないのなら、必ず会える）

弥琴はさらにスマートフォンを操作し、検索結果に出てきたとある博物館のホームページを開いた。結び綾国を管理しているところとは違う、長野県内の博物館だ。

「ふ、藤さん！」

弥琴は藤の袖を摑んだ。

不思議そうに覗き込む藤に、弥琴はスマートフォンの画面を突きつける。

「綾国さん、地元に戻って来ています。今ちょうど展示されてますよ！」

その博物館では、地元ゆかりの武具を集めた特別展を開催している最中だった。鎧《よろい》や兜《かぶと》、小手に弓、そして刀。この地にあった武将や人名に使われた数々の品が集められている中、主な展示物として最も前面に出し紹介されていたのは、結び綾国という刀だった。

「……綾国」

画面に映る写真を見て、藤は友の名を零す。

「ここに行けば、綾国さんがいます。会えますよ」

「綾国が。信濃にいるのですか」

「そうです。県内ですから、すぐに行けます」

現在地からはやや遠いが、このまま向かうのにためらうほどの距離ではない。

「そうですか、会えるのですか」

藤はそう呟くと、しばらくの間口を閉じた。表情に大きな変化はなく、何を思っているのか弥琴にはわからない。

弥琴は黙って藤の返事を待った。

少しの間のあと、「弥琴さん」と唇が動いた。

長い髪を垂らし、うやうやしく頭を下げる。その付喪神の願いを、弥琴はとっくに聞き入れるつもりしかなかった。

「お願いします。私をそこへ、連れて行ってください」

特別展は、ちょうど今日が最終日だった。

電車で最寄り駅まで向かったあと、近くまで行くバスを使い、降りたバス停から細い歩道に入り道なりに進む。

「この先に博物館があるそうですよ」

弥琴は地図を確認し、間違いなく目的地へ向かっていることを確かめた。燐と藤に挟まれ、木々に囲まれた小道を、ほんの少しだけ緊張しながら歩いていく。

「楽しみですね」

誰に言うでもなく、独り言のように呟いていた。

再会できるのを見届けるまで不安は消えないが、前向きな緊張感のほうが胸を占めている。

「ええ、本当に」

藤が答えた。変わらず穏やかな声色だった。

やがて建物が見えてくる。弥琴たちは木陰を抜け、博物館の入口まで一直線に向かう。

そのときふと隣の影に気づき、弥琴は顔を上げた。

「わあっ、いつの間に！」

燐が、あやかしの姿に戻っていた。いや、よく見ればあやかしの姿でもなく、人間の姿へと変わっている。

髪と目は黒く、猫耳と尻尾はない。端整な見目と着流しはそのままであり、随分と目立ちそうではあるが、人でないと思われることはないだろう。

「り、燐さん、その恰好は」

「これならば共に行けるだろう」

「あ、え、はい」

「先ほどは置いてけぼりを食らったからな。今度はそうはいかん」

どうやら燐は図書館でのことを根に持っているようだ。確かに猫のままであったなら、今回も外で待っていてもらうつもりではあったが。

「人間に化けられるなら、初めからそうしていたらよかったのでは……」

弥琴が問うと、燐は髪を掻《か》いた。

「耳と尾がないと落ち着かないんだ。長くこの姿ではいられない」

「そうなんですか？　だったら無理しなくていいのに」

「言ったろ。今度はもう置いていかれたりしないぞ」

燐はそう言って、首を弥琴のほうへと傾げる。

「それともまた、いい子で待っていろと頭を撫でるか？」

不敵に笑う燐に、弥琴は顔を赤くした。

(可愛いからつい甘やかしちゃうけど、猫ちゃんの姿でも中身は燐さんなんだよね。抱っこもしたし、わたし結構とんでもないことをしていたのでは……)

自分のしでかしたことに気づき、弥琴はなおも顔を火照らせる。

「おれは構わんぞ。弥琴に撫でられるのは好きだ」

「な、何を言ってるんですか」

「弥琴も嫌いじゃないだろう」

「そ、そうですけど、今はいいですって！」

頭を寄せてくる燐を押し退けていると、後ろから笑い声が聞こえた。

藤が、口もとを袖で隠しながら上品に笑っていた。

「仲がよろしいご夫婦ですね」

「なっ……」

弥琴は途端に恥ずかしくなり、居住まいを正して入口まで早歩きで向かう。

それをゆっくりと追う燐は、なぜだか満足げな顔をしていた。

やはり燐は目立っており、まるで展示物のひとつであるかのように他の客に見られていた。だが本人は一切気にすることなく、そして展示物に興味を示すこともなく、順路に沿い目的のものだけを目指して進んでいく。

通路は照明を落とされ薄暗く、展示物の並ぶガラスケース内は、個々が最も美しく見えるようライトアップされていた。どの品も長く人に使われ、時代が流れても残り続けてきた逸品ばかりだ。

その中で、ひときわ目立つ場所に飾られていた物があった。部屋の中央に置かれた四角い展示ケースは、四方を透明のガラスで囲み、それをどの方向からでも見られるようになっている。

飾られているのは、一振りの刀だ。

美しい刀だった。

普通の人には、銀に光る刀剣が置かれているようにしか見えないだろう。弥琴の目には、その刀に重なるように、長い黒髪を束ね目を閉じて座る、凛々《りり》しい付喪神の姿が見えていた。

「藤さん、あのひと」

藤は頷き、ゆっくりと刀の置かれた場所へ近づいていく。

その歩みに呼応するかのように、展示ケースに集っていた見物客たちが不思議とその場を離れていった。

他に誰もいないガラスの前で、藤は足を止める。

「綾国」

藤は刀の名を呼んだ。

座していた付喪神の、閉じられていた瞼が開く。

黒く澄んだ瞳が、目の前にいる藤色の付喪神の姿を映した。

「……藤？」

よく通る声が、静かな空間に響く。

「まさか、藤なのか？」

「久しいですね、綾国」

藤がガラスケースに手を寄せる。

綾国はその手を掴んだ。身を乗り出しガラスを擦り抜け、きつく手を握ったまま藤の隣にとんと着地し並び立つ。

見事な黒髪がさらりと流れ、着物の袂《たもと》が緩やかに沈んだ。

「藤、本当か？　おまえはかつて私と共に在った、あの掛け軸か？」

「ええ、そうです」

「私の、とわの友である、あの藤か」

「ええ。綾国」

藤が答える。

ほんのわずか、沈黙が流れ。

綾国の切れ長の目から、透明の涙が湧き溢れた。

「なんてことだ。藤、まさかふたたびおまえに会えるとは。こんな奇跡が起きるとは」

「奇跡なものですか。あなたに会いたくて、友人たちに一生懸命に捜してもらったのです。綾国、あなた、いろんなところを渡り歩いていたのですね」

「ああそうだ。多くの人に大切にされて今も生き永らえている。だが、どれほどのものと出会い、どれだけの時が流れようとも、藤と過ごしたあの家のことは、片時も忘れたことなどないよ」

「ええ、私もです」

藤と綾国は、互いに積もる話を語り合った。

藤が長年過ごした家のこと、燃えてしまった本体のこと。綾国が渡り歩いた日々のこと、名付けられたときのこと。離れ離れだった間の話と、共に在った尾崎家の思い出……互いの主だった、雪成の話を。

弥琴は燐と共に、少し離れた場所からふたりのことを見守っていた。

付喪神たちは数百年前の思い出話を、まるでつい先日のことのように話しては笑い合っている。

「綾国さんも、雪成さんのことをよく覚えているんですね」

藤がかつての持ち主たちを大切にしているように、綾国も鮮明に昔の人のことを覚えているようだ。

弥琴には、それが少しだけ不思議だった。

「当然だろう。かつての主だ」

「でも、あやかしの一生にとって、ひとりの人間と一緒にいる期間なんてほんの短い間じゃないですか」

あやかし同士ならともかく、人とのごく小さな出会いなど、すぐに忘れてしまうものだと思っていた。

「むしろ人より長く生きるからこそ、瞬く間の出来事が、長く重く、いつまでも残り続けるんだ」

燐が言う。

「それが厄介でもあり、愛《いと》おしくもある」

弥琴は燐を見上げる。人の色に似せた瞳は、付喪神たちに向けられていたが、どこか遠い別のものを見ているようでもあった。

懐かしい日々を思い、ほんのわずかの寂しさを滲ませながら。

(厄介であり、愛おしいもの、か)

それは弥琴の知らない燐の思い出であり、弥琴には、何があっても知ることのできないものだった。

ちりりと胸が疼《うず》く。その理由を、弥琴はまだ知らない。

「私はこれから幽世に向かいます」

やがて、藤は綾国にそう告げた。

久しぶりの再会が終わろうとしていた。

「本体を失っている以上、もう現世に戻ることはないでしょう」

「幽世……そうか。ならば私が幽世に行くまで、また会えなくなるのだな」

綾国が眉尻を下げる。

「大丈夫ですよ。お互い、長い時をのんびり生きるのには慣れていますから。次の再会を待ちましょう」

「……そうだな。決して、これは別れではない」

綾国は、飾ってあった自分の本体に手を寄せた。美しく光る刃は、鋭くありながら、どこか温かみも湛《たた》えている。

「物を斬る刀剣でありながら、人は私に刀の本質とは真逆の名を付けた」

刀の付喪神は自らの刀身に指を滑らせ、そのまま友へと手を向ける。

「我が名は『結び』。縁を繋げ、慶《よろこ》びを招く刀。いずれ必ずまた会える、我が友よ」

差し出された手を、藤はひと呼吸の間を置いて握った。

ふたりの間に結ばれた手と手は、刀の名をよく示していた。

「ええ。また会いましょう、心より愛しい、私の友よ」

＊

出入帖の一枚に、大きく藤の名前が記される。

燐はその上から朱色の判を押すと、名前を書いた紙を捲り、それの下敷きにするように木札を置いた。

紙の上から燐が手をかざすと、たちまち赤い炎を放ち燃え上がる。

一瞬ののち、火が消えた。紙は何事もなかったかのように綺麗に残っていて、その下の木札には、藤の名前が焼き付いていた。

「これが幽世の門の通行証だ。持って行け」

「はい。ありがとうございます」

藤は燐から木札を受け取る。

幽世の門を通るための受付作業は終了した。

「さあ、門まで見送ろう」

立ち上がる燐に弥琴も続いた。座敷を下り、藤と共に、幽世の門へ続く裏玄関を抜ける。

普段は閉じられている裏玄関の先は、黄泉路横丁とは違った世界が広がっていた。

玄関からは、赤い欄干の橋が真っ直ぐに架かっている。等間隔で灯るぼんぼり以外に明かりはなく、常に薄暗い空には星も月も太陽もない。

橋の下に広がるのは水辺だ。底も果てもなく、どこまでも続いているように見える。

そして。

橋を渡り切った先に、見上げるほど大きな鳥居が建っていた。太い柱は真っ赤に塗られ、傷みひとつ見当たらない。

幽世の門。

この鳥居の奥、靄がかかり見通せない道の先に、正真正銘、あやかしだけの世界がある。

幽世の門は、かつてひとりの人間と一体の鬼とがつくったものだと聞いている。そしてその人間は、燐のかつての主人であるのだとも。

鳥居の柱のそばには小さな石碑が建てられている。燐の主人の墓だという。燐はこの人の命を受け、千年もの長い間、幽世の門の管理番を続けているのだ。

「燐さん、弥琴さん、ありがとうございました。大変お世話になりました」

幽世の門の前で、藤は振り返った。

「心残りはもうないか？」

「ええ、あなたたちのおかげで」

「それはよかった」

燐が言うと、藤は笑みを返す。言葉どおり未練のない、清々《すがすが》しい表情だった。

「では、私はこれにて」

藤は最後にひとつ頭を下げ、幽世の門へと向かって行く。

「向こうでも達者でな」

「藤さん、お元気で！」

燐と弥琴の見送る中、藤は鳥居をくぐり抜け、靄の向こうへと消えて行った。

淡い藤色の髪が見えなくなる間際、またいつぞやと、琴の音のような声が響いた。

第三話

天狗のから騒ぎ

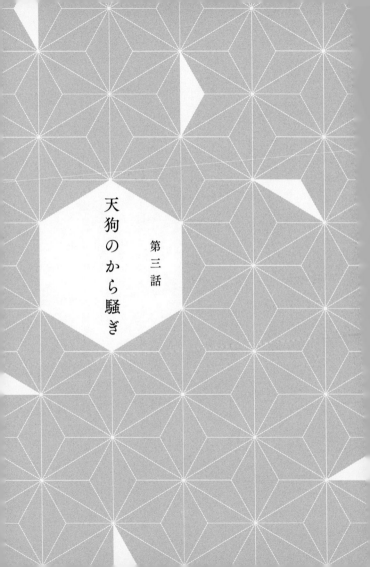

訪れたあやかしを無事に幽世へ送り届け、今日の仕事は終了となった。燐は書机の上を整理し、その間に弥琴は茶器類の片付けを行う。

燐の仕事の手伝いも随分慣れてきた。見た目が異様なあやかしたちも、中身は気さくなものやおっとりしたものばかりなので、初見で驚きこそしても恐怖までは感じなくなった。

燐が不在の間にひとりで対応することもできるようになったくらいだ。幽世の門の通行許可を出せるのは燐だけだが、その燐が戻って来るまで、弥琴はあやかしたちの話し相手となっているのである。

あやかしである彼らの日々は、弥琴にとっては常に新鮮で、話を聞いているだけでも面白かった。結婚前はあやかしの世界で生きるなどとんでもないと思っていたが、案外この生活は自分に合っているのでは、と思い始めていた。

何より燐の気分に合わせたマイペースな過ごし方も居心地がいい。客が来てもまずは自分の時間を優先する燐に困惑することもままあったが、それに付き合いのんびりと時間を使うことで、暇の潰し方も知らなかった弥琴の社畜精神は、徐々にだが癒されつつあったのだった。

「弥琴。今日は横丁で夕飯を食べないか」

湯呑みを洗い終え座敷に戻ると、燐にそう訊ねられた。

食事はどちらかが作ることもあれば、外で食べることもある。どうするかは大体いつも燐の気分で決まる。

「いいですね。わたし、お蕎麦《そば》が食べたいです」

「お、いいな。おれもそうしよう」

「タロとジロも連れて行きましょうか」

内廊下から一旦住居のほうへと戻る。その足音を聞きつけたのか、留守番をしていたタロとジロが一目散に駆けてきて弥琴にじゃれついた。

「ふたりともただいま。いい子にしてた？」

「……おまえたち、すっかりおれより弥琴に懐いたな」

「えへへ、燐さんのこともちろん大好きだよね？」

二匹が揃って「わふん」と鳴き、燐の足元を駆け回る。

「おい邪魔だ、踏んだらどうする」

「ふふ、仲良しですねえ」

狛犬たちを連れ、燐と弥琴は横丁へと繰り出した。

空はもう暗く、黄泉路横丁には明かりが灯っている。横丁はこれからが一日の本番だ。異形のあやかしたちが通りを練り歩き、朝まで飲み明かし、踊り歌う。あやかしたちは、毎日賑やかな夜を繰り返している。

真っ赤な提灯がずらりと並ぶ通りを行き、燐のお気に入りの蕎麦屋で夕飯をとった。表のテーブルに座り、愉快なあやかしたちの騒ぎを眺めながら、弥琴は美味しく蕎麦をすっていた。

「あ、燐様」

するとひとりのあやかしが声をかけてきた。

真っ赤な肌に角の生えた、鬼のような形相の、けれど身長が弥琴の半分もないのでいまいち迫力に欠けたあやかしだった。気のいい奴で、横丁のムードメーカー的存在でもある。

「やあやあお揃いで、ちょうどよかった。ちょっとお話ししたいことがあったんですよ」

「なんだ、どうした」

「実はね、今横丁の皆で、燐様と奥方の祝言を計画しとるんですわ」

と、小鬼のあやかしは言う。

「祝言？　結婚式、ってことですか」

弥琴は蕎麦を掬《すく》う箸を止めた。

「そうそう、その通り。まだやってなかったでしょう。だから皆でやってやろうってね。燐様と奥方をお祝いしたくって」

「どうせ理由を付けて騒ぎたいだけだろう。毎夜騒いでいるくせに飽き足らず」

「へへ、そりゃ否定しませんけど、お祝いしたい気持ちは本当ですよ」

なあ、と小鬼が周囲に声をかけると、近くにいたあやかしたちも頷いた。

「どうせなら、よい日取りを選んで、横丁の外のあやかしたちも招待して大いに盛り上げようってね。何せ我らが燐様の祝言なんだから」

あやかしたちはお猪口《ちょこ》や酒瓶を振りかざし、燐への思いや祝祭の大事さ、酒の美味《うま》さなど、思い思いのことを口にしている。

弥琴はちらりと燐を見た。

燐は下唇に人差し指を寄せ、何か考えている様子だった。

「祝言か」

燐が呟き、弥琴に目を遣る。

「確かに、それらしいことはしていないが。弥琴、おまえはどう思う？」

問われ、弥琴はほんの少し答えるのを躊躇《ためら》ってしまった。

あやかしたちの期待の目で満ちるこの中では、とても否と言えそうにない。いや、結婚式を挙げるのが嫌なわけではないのだが。ただ弥琴には、胸を張って祝われることができない引け目があった。

(わたしは、燐さんの本当のお嫁さんじゃないのに)

言霊を結び、結婚という契約を交わした。弥琴が燐の妻であることは確かだ。しかしそれは、燐が本来探していたあやかしの嫁を見つけるまでの話である。燐が本当の嫁を見つけたら、弥琴は燐のもとを去るつもりでいる。

(逃げ道として選んじゃっただけだから、いつまでもここにはいられない)

今のところ燐が嫁探しをしている様子はない。それでもこの結婚生活は、いつ終わりを告げるかわからないのだ。

「弥琴?」

燐が首を傾げて弥琴を覗き込んだ。

弥琴ははっとして、慌てて口を開く。

「あ、はい。いいと、思います」

「そうか」

燐は頷き、小鬼へ視線を戻す。

「なら、祝言を挙げようか。盛大にな。皆も手伝ってくれるか」

燐がそう告げた途端、周囲のあやかしたちが一斉に沸いた。小太鼓や三味線を持った者たちもどこからともなく現れ、すでに今が祝いの祭りの最中であるかのように大騒ぎを始める。

「皆ぁ！　燐様の許可が下りたぞ！」

小鬼が両手を振り上げながら騒ぎの中へと紛れていった。

燐は頬杖《ほおづえ》を突きつつその光景を眺めている。その涼やかな横顔が何を思っているのか、考えてみるが、わかるわけもない。

「祝言など頭になかったが、確かに大事なことだよな」

弥琴は視線を落とし、食べかけの蕎麦をつるると啜る。

（燐さんは、どう思っているんだろう）

弥琴に訊ねただけで、燐自身は祝言を挙げることについて是も否も答えなかった。どう思っていようが、燐は横丁のあやかしや弥琴の意見を優先するのだろうが、だからこそ燐の気持ちを知りたかった。

（……でも、もしも気が進まないって言われたらちょっとへこむなあ）

知りたい気持ちはある。けれど訊く勇気はやはりない。

燐がどれだけ優しくしてくれても、弥琴はかりそめの妻でしかないのだ。そんな自分との関係を燐がどう思おうと何も言える立場ではない。気を落とす理由もない。それでも、燐の本心を知るのは怖かった。

（わたしが生活のためだけに結婚を決めたのと同じで、燐さんだって、別に好きって気持ちがあってわたしを嫁にしたわけじゃないんだよね）

最初からわかりきっているそのことを、どうしてか、燐の口から聞きたくなかったのだ。

（わたしは……どう思っているんだろう）

弥琴は蕎麦をすすりながら燐にそっと目を遣る。

すると、その視線に気づいた燐も弥琴を見た。

「ん？　どうした？」

柔らかく微笑まれ、弥琴は咄嗟に顔を伏せる。

「いえ。あの、お蕎麦、美味しいなって」

「ふふ、そうだな。おれはおまえが美味そうに食う姿が好きだ」

「そ、そう、ですか」

変な期待はしないようにしないといけない。自分の立場をわきまえて、高望みしないように生きていかなければ。それができれば、もしも燐のそばにいられなくなったとしても、傷つかずにいられるはずだから。

（大丈夫。わたしは、今の日々で十分満足している）

自分の心の声に自分で頷く。それを見た燐が、不思議そうに首を傾げていた。

そのとき。

大門のほうからざわめきが聞こえて来た。驚いたようなあやかしたちの声は、徐々にこちらに近づいてくる。

何事だろうかと振り返った。その瞬間、弥琴の目の前を、黒い何かが駆け抜けていった。

あやかしたちの間を器用に擦り抜け、風のように走り去るそれは、燐の屋敷のほうへと向かっていく。

「え、な、何事ですか」

「……あれは」

燐は眉を寄せ、すでに姿の見えなくなった何者かを睨んだ。

「タロ、ジロ」

声をかけられ、足下に伏せていた狛犬たちがさっと立ち上がる。タロとジロは、飛び跳ねるようにして黒い物体の走り去ったほうへ駆け出していった。

周囲のあやかしたちはすでに平常運転に戻りどんちゃん騒ぎに興じている。だが弥琴は呆気《あっけ》にとられたまま通りの先を見つめていた。

「燐さん、今のってなんでしょうか……大丈夫、ですかね」

「ああ……心配ない。あれは恐らく顔見知りだ」

「顔見知り？」

燐が頷く。

そしていくらもしない間に、タロとジロが戻って来た。その口にはそれぞれ袴《はかま》の裾を咥《くわ》えており、二匹に引っ張られるようにしてひとりのあやかしが燐と弥琴のもとへやって来た。

「な、なんだよ狛犬たち！　放せこの！」

真っ黒の袴を着た青年のあやかしだ。髪も目も黒く、一見して人間のようにも見えるが、そうでないとすぐにわかるのは、背中に大きな、やはり真っ黒の翼が生えているからだ。

「やはり瑠璃緒《るりお》だったか」

狛犬たちから逃れようともがいていたあやかし――瑠璃緒と呼ばれたあやかしは、燐の姿を認めると、自分を引っ張っていたはずの狛犬たちを逆に引き摺《ず》るほどの勢いで詰め寄ってきた。

「燐！　なんだ、ここにいたのか！」

「おれにも気づかず通り過ぎて行くとは。あんなに慌ててどうした。タロ、ジロ、ご苦労だったな、もう放してもいいぞ」

「なあ燐、聞いてくれ、頼みがあるんだよ」

「頼み？」

「ああ」

　と答え、瑠璃緒はその場で両膝を突いた。瑠璃緒の目には弥琴は映っていないようだ。燐だけを見上げ、まるで祈るように両手を顔の前で合わせる。

「後生だ、おれを今すぐ、幽世へ送ってくれ！」

　燐は眉をひそめた。瑠璃緒の言っていることは燐への頼み事としてはおかしいことではないが、様子が明らかに尋常ではないのだ、おいそれと応じることはできないのだろう。

「駄目だとは言わんが、理由次第だ」

「頼むよぉ！　幽世まで逃げれば捕まらないと思うんだ。現世は狭くてどこにいても見つかっちまう」

「……逃げる？　そのために幽世へ？」

「ああそうだ。そうじゃないとおれ、殺されちまうかもしれねえんだって！」

　瑠璃緒が燐に縋りつく。その剣幕からして冗談で言っているわけではなく、本気で何かに怯えているようだ。

　燐は大きなため息を吐いた。涙目で見上げている瑠璃緒を引き剝がし、着物を直しながら立ち上がる。

「とりあえず、話は聞いてやろう。おれの屋敷へ来い」

燐は瑠璃緒を住居のほうへと招いた。

弥琴はふたり分の茶と菓子を用意し客間へ向かう。燐と座卓を挟んで向かい合っている瑠璃緒は、大きな翼を小さく畳んでしょげていた。並んで歩くと燐と変わらないほどの背丈があったはずだが、今は燐よりひと回りもふた回りも小さく見える。

「どうぞ、芋羊羹《いもようかん》です。美味しいですよ」

「あ、ありがとう……」

卓に盆の上のものを並べ、弥琴は燐の隣に座る。

目を伏せていた瑠璃緒は顔を上げ、弥琴のことをまじまじと見た。通りにいたときからずっと近くにいた弥琴のことを、瑠璃緒は今になってようやく認識したようだった。

「えっと、あんたは……」

「妻の弥琴だ」

「はじめまして、よろしくお願いします」

弥琴が挨拶をすると、瑠璃緒は横丁に来て初めて笑顔を見せた。

「へえ、あんた人だろ？　噂にゃ聞いてたけど、本当に人の嫁さんをもらったんだなあ。えっと、弥琴さんだっけ。おれは比良山《ひらさん》の瑠璃緒。よろしくな」

にかりと笑う表情に嫌みはなく、冷えた炭酸水のような爽やかさを感じる。先ほどまでは湿り気を帯びた負の気配を背負っていたが、本質は存外明るく人懐こい性質のようだ。

「こいつは、八大天狗《てんぐ》のひとり、比良山次郎坊《じろうぼう》殿の倅《せがれ》だ。つまり、こう見えても由緒正しい血統の天狗でな。今は確か、他の山に修行に出ているんだったか」

「ああ。愛宕山《あたごやま》の太郎坊《たろうぼう》の伯父貴のところで世話になってんだ」

「で、それがなぜ殺されそうになっている？　真面目に修行しているんじゃなかったのか」

燐に問われ、瑠璃緒は「うっ」と言葉を詰まらせた。眉も肩も翼も下げて、また見るからにしょぼくれる。

「真面目にやってたさ。サボればそれこそ殺されちまうからな」

「ならどうした。おまえが他者から命を狙われるほど恨みを買うとは思えないが」

「……お山から文が届いたんだ。親父《おやじ》がそろそろ隠居を考えているらしくて、頭領の代替わりについての話し合いをするから、一度比良山へ戻って来いって」

ぽつりぽつりと零される瑠璃緒の話を、燐は腕を組みながら聞いている。

「代替わりか。跡目ならば現頭領の倅であるおまえに決まっているのだろう。修行に出されているのも跡を継ぐためじゃないのか」

「それは確かにそうだけど、親父の息子であるおれは候補のひとりにすぎねえ。継承権があるのはおれだけじゃねえんだよ」

「ほう」

「八大天狗の里の次期頭領となりゃ日の本中に名を轟《とどろ》かせられる。天狗に生まれてそれを望まねえ奴なんているかよ。待ちに待った世代交代だ、可能性のある奴ぁ、誰だって頭領になりたがってるに決まってる」

「……はあ、なるほどな」

燐はため息まじりにそう言って、かすかに湯気の立った茶を一口飲んだ。

「つまり、頭領の座を狙う他の者たちからしてみれば、次郎坊殿の倅であり、もっとも次期頭領の座に近いおまえは邪魔であると。だから亡き者にしようとしている。そういうことか？」

「そうだ、そういうことだ！」

瑠璃緒は強く頷く。

「だからおれ、奴らが来る前に愛宕山から逃げて来たんだよ。こんなことに巻き込まれて殺されるなんざまっぴらごめんだ」

「だが逃げればおまえは跡目争いから降ろされることになるんじゃないのか？」

「死ぬよかましだろ！　それに……どうせおれなんて争ったところで他の奴らには勝てねえんだ。あいつら皆、おれより才のある奴らばっかりだから」

瑠璃緒は、両膝に置いた手を握り締めた。

ほんの少し、沈黙が流れたあとで、

「わかった」

と燐が呟く。

「おまえにのっぴきならない事情があるのは理解した」

「じゃ、じゃあ、おれを幽世に送ってくれるんだな！」

身を乗り出した瑠璃緒に、燐は首を横に振る。

「いや駄目だ。一度幽世に行ってしまえば、いくら天狗といえど簡単には現世へ戻って来られなくなる。向こうの管理番は厳しいからな」

「そんなあ！」

「その代わり、跡目争いが落ち着くまでこの屋敷で匿《かくま》ってやる。それでいいだろう」

瑠璃緒が口を噤む。

数秒、考え込むように黙りこくったあと、瑠璃緒は座り直し口を開いた。

「……まあ、燐の家で身を隠せるなら、安全だろうけど」

「決まりだな。だがタダで居座らせてやる気はない。家事の手伝いくらいはしろよ」

「わかってるって！　だからさ、頼むよ燐、ちゃんとおれを守ってくれよな」

両手を合わせる瑠璃緒に、燐は曖昧に頷いた。

それから燐は「風呂の時間だ」と、瑠璃緒を風呂場へ連行した。ふたりが湯を浴びている間、弥琴は二階の空き部屋で瑠璃緒用の寝具の支度をしていた。

(殺される、かあ。物騒な話だけど、大丈夫かなあ)

天狗は現世に生きるあやかしだ。現世のあやかしに危険なものはいないと聞いているが、跡目争いとなるとやはり過激にもなってしまうのだろうか。

(瑠璃緒さん相当怖がっているみたいだし、何事もなければいいけど)

布団を敷いていると、燐がひとりで戻って来た。瑠璃緒はまだゆっくり入浴しているようだ。瑠璃緒なりにずっと気を張っていたようで、今はのんびり心身を休めているという。

「すまないな弥琴、瑠璃緒のことを勝手に決めてしまって」

「いえ、大丈夫です。それより、瑠璃緒さんが心配ですね」

「まあ……なるようになるさ」

まだ濡《ぬ》れた髪を掻きながら、燐は柱に寄りかかる。

燐の言い方は何やら含んでいるようではあったが、弥琴にはわからず、首を傾げるばかりだった。

＊

瑠璃緒が屋敷に居候を始めて五日。

燐との約束どおり、瑠璃緒は家のことを真面目に手伝ってくれていた。燐と弥琴が帳場にいる間、広い住居を隅々まで掃除し、タロとジロの遊び相手をこなし、さらには食事の支度まで済ませてくれているという徹底っぷりだ。

元来まめで実直な性格なのだろう、文句ひとつ言わないその仕事ぶりは感心するし大変ありがたい。が、それはそうと、瑠璃緒のおかげですっかり家の仕事がなくなり、弥琴は妻としての立場を危ぶみ始めていた。

そんなとき、黄泉路横丁に訪問者がやって来た。

横丁がしんと静かな昼前、瑠璃緒と共に裏庭で布団を干していると、タロとジロがわふわふ吠《ほ》える声が表のほうから聞こえた。どうやら外へ走って行っているようだ。

「あら、誰か来たのかな」

弥琴が表のほうを振り返ると、突然、瑠璃緒が今まさに干そうとしていた掛け布団を手に、縁側から和室へ飛び込んだ。

ぎょっとしつつ追いかける弥琴の目に、部屋の隅で布団を被って丸まっている瑠璃緒の姿が映る。

「うわっ、瑠璃緒さんどうしたんですか！」

「静かに！　おれの名前を呼ばないでくれ！」

巨大な饅頭《まんじゅう》の中で、瑠璃緒はぶるぶる震えている。

「奴が……奴が来たんだ」

「奴？」

「……弥琴さん頼む。ちょっと様子を見て来てくれないか。あ、でも、くれぐれもおれがここにいることは言わないように！　約束だからな！」

「はあ、わかりました」

とりあえず、震える瑠璃緒をその場に残し、弥琴は裏庭を回って表のほうへと向かった。ちょうど燐も玄関から出て来たところで、揃って門へと向かう。

数寄屋門の前には、ひとりのあやかしが立っていた。瑠璃緒と同じ黒い袴に、黒い翼を持った天狗だった。

戸は開いているが、その天狗は中には入らず、外から燐に向かい一礼した。

「貴殿は、こちらの主である猫又の燐殿とお見受けする」

「ああ、いかにも」

「お初にお目にかかる。自分は比良山の黒燕《こくえん》と申す。ひとつ伺いたいことがあり、こちらを訪ねた次第」

黒燕と名乗った天狗は、上背のある燐よりも背が高く、鍛え抜かれた立派な体格をしていた。眼光鋭く、声色にも重みがあり、見るからに強そうなあやかしだった。

(比良山……ということは、このひとは瑠璃緒さんの言っていた他の候補者のひとり、だったりするのかな)

もしかして瑠璃緒を捜しに来たのだろうか。そう思いながら横目で燐を見る。

燐は黒燕を前にしても、顔色ひとつ変えていない。

「黒燕殿か。名は聞いている。次郎坊殿の優秀な右腕であるとか」

「滅相もない。自分はまだまだ修行中の身」

「謙虚なものだな。どうだ、せっかく訪ねてくれたんだ、よければ中で茶でも」

「いや、すぐに済む話であるゆえ、気持ちだけありがたく受け取っておく」

「そうか。では用件を聞こう」

黒燕は頷き、居住まいを正す。

「こちらに、我が同胞である瑠璃緒が訪ねて来てはいないか」

弥琴は必死に表情に出さないよう努めた。やはり黒燕は瑠璃緒を捜しに来たのだ。

瑠璃緒があれほど怯えていたのは、黒燕がやって来たことを察していたからだろう。

(本当に瑠璃緒さんを殺しに？　そんなことしそうなひとに……見えなくもないけ

ど）

話し方には知性や品性が感じられるが、大きな体軀《たいく》は威圧感があり佇《たたず》まいにも隙がない。瑠璃緒と比べると遥かに凄《すご》みがあるのは確かだ。

「いや、来ていないが」

燐はやはり表情を変えず、淡々とそう答えた。

「瑠璃緒がどうかしたのか」

「……実は、里の者たちを集めて話し合わねばならないことがあり、愛宕山の太郎坊殿のもとへ修行に出ている瑠璃緒に、一度比良山へ戻れとの文を出したのだ。しかし一向に戻って来ないため愛宕山まで迎えに行けば、瑠璃緒はすでに数日前、愛宕山を出たという」

「ほう。つまり、行方がわからなくなっていると」

「恥ずかしながらそのとおり。非常に重要な話であるため捜さぬわけにもいかず、まずはと瑠璃緒と旧知の仲である燐殿のもとへ参ったのだが」

黒燕は一歩後ろへ下がると、背筋を正して胸を張り、綺麗な仕草で頭を下げた。

「お手間を取らせた。もしも瑠璃緒が訪ねて来ることがあれば、すぐに比良山へ戻るよう黒燕が申していたと、伝えてもらえるとありがたい」

「ああ、承知した」

最後に弥琴にも会釈をし、黒燕は横丁から去っていった。

その背を見送り、すっかり見えなくなったところで、弥琴は強張っていた肩の力を抜いた。

「……わたし、顔に出ていませんでしたかね。瑠璃緒さんのこと、ばれてなきゃいいけど」

むにりと頬を捏《こ》ねる。この短時間ですっかり顔の筋肉が凝ってしまったようだ。

「何、心配ない。黒燕殿の目は、探るような視線ではなかった」

「そうですか？　でも、燐さんがお茶に誘ったときは内心慌てちゃいました」

「まあ向こうから断るだろうと踏んでいたからな」

燐は踵を返し、飛び石の上を玄関へと戻って行く。

弥琴は燐のあとを付いて行きながら、一度だけ門の向こうを振り返った。すでに黒燕の姿はなく、横丁はいつもどおり静かで平和だ。

「なんだか、追っているわりにはあっさり帰りましたね」

確実にここにいると突きとめているわけではなくても、命を狙うほど執着しているのであれば、もう少し粘って問い詰めてもいいのではと思ってしまった。もちろん、粘られて困るのはこちらだが。

「黒燕さんって、瑠璃緒さんと同じく頭領の継承権のある人でしょうか」

「比良山の内情は詳しくは知らんが、恐らくそうだろうな」

「じゃあやっぱり、瑠璃緒さんの言うとおり、跡目争いの件で瑠璃緒さんを追っているんですね……」

実際に相手の姿を見てしまうと、ますます瑠璃緒が心配になってくる。瑠璃緒と黒燕とが力で争って、瑠璃緒が勝つ可能性は果たしてあるのだろうか。

「瑠璃緒は何をしている？」

「お布団にくるまって隠れています。比良山の誰かが来たことを察したみたいで、怖がってしまって」

「そうか。なら、追手はもう帰ったから大丈夫だと伝えてやれ」

燐は住居用の玄関へは入らず、そのまま帳場のほうへと向かって行った。

弥琴は家の中へ戻り、裏庭に面した和室へ向かう。

そこでは、瑠璃緒がいまだ饅頭になったまま蹲《うずくま》っていた。

「瑠璃緒さん」

弥琴が声をかけると、饅頭がびくりと揺れ、布団の隙間から瑠璃緒が恐る恐る顔を出した。

「……弥琴さんだけか？　他には誰もいないか？」

「ええ。もう大丈夫ですよ。訪ねて来たひとには燐さんが、瑠璃緒さんはここにはいないと言ってくれました」

「……そうか」

瑠璃緒は呟いて、被っていた布団の下から這い出した。凝った体をほぐすかのように一度大きく翼を広げ、力を抜くのと同時に深いため息を吐き出す。

「なあ、来たのは黒燕だろう」

「ええ、そうですが」

答えると、瑠璃緒は前のめりになって「やっぱり！」と叫んだ。

「黒燕、あいつが一番やばいんだよ。実力じゃ、次期頭領に一番相応《ふさわ》しいのはあいつなんだ」

「そうなんですか？」

「黒燕は、比良山の中では親父の次に強い法力を持ってんだ。里の奴らにも黒燕を兄として慕う者は多いし……」

尻すぼみに語気を弱め、瑠璃緒はのそりと膝を抱える。

「黒燕だけじゃねえ。皆、おれなんかよりずっと優れた奴らばっかりなんだ。おれより力の強い奴とか、おれより頭の回る奴とか、おれより魅力のある奴とかさ」

不貞腐《ふてくさ》れた様子に、弥琴はどうしていいかわからず、とりあえず瑠璃緒の背中を撫でた。自分よりもずっと大きくしっかりした体付きをしている。それでも小さく、どこか心許《こころもと》なく見える。

「おれだけだよ。どうしようもねえのは」

ぽつりと瑠璃緒が零す。

泣いているのかと思ったが、覗いた目に涙はない。今にも泣きそうなのに決して涙を流さない、こんな顔を、弥琴は見たことがあった。

「おれは確かに次郎坊の息子だ。順当に行けば次の頭領はおれに決まってる。でも、おれには頭領なんて務まらねえんだよ。得意なこととか特にねえし、仲間を引っ張っていける力も存在感もねえ。こんなおれのことを頭領に望んでる奴なんざ、きっと誰もいねえんだよ」

「……瑠璃緒さん」

「ハナからおれのことなんて無視してくれりゃいいんだ。どうせ、誰にも必要とされてねえんだから」

瑠璃緒は、抱えた膝に顔を埋めた。まるで消えたがっているようなその姿を見ながら、似ている、と弥琴は思った。

(瑠璃緒さん、わたしにそっくりだ)

瑠璃緒の表情は、毎日鏡の中で見ていた自分の顔と同じだった。辛い気持ちを抱えながらも泣かないのは、泣いたところでどうしようもないと思っているからだ。泣くほどの期待を最初から自分にしていない。泣いたって、もっと虚しくなるだけだとわかっている。

自信がなくて、誰も味方がいないと思っていて、そんな自分が好きではない。だからといって、どうしたらいいのかもわからない。

（その気持ち、わかるなあ）

瑠璃緒は、まるで自分と同じだ。

弥琴には瑠璃緒のように背負うものはないけれど、瑠璃緒の自分自身に対する考え方と行き場のない感情は、痛いくらいに理解できた。

「瑠璃緒さん」

「でも」

と、声をかけようとした弥琴の言葉を遮り、瑠璃緒は言う。

「本当はおれ、もっと役に立ちてえんだよ。仲間と支え合って、大事なお山を守っていきてえ。比良山も、仲間たちのことも大好きなんだ」

「……」

「強くねえし賢くねえし、かっこよくもねえけど。それでもおれ、皆を守れる頭領になりてえんだよ」

背中を丸め、うな垂れながらも、瑠璃緒は迷いなくそう口にした。弱々しい声色ではあっても、それは瑠璃緒の確かな本心だった。

（なんだ、やっぱり瑠璃緒さんは、わたしと全然違う）

自信のない瑠璃緒の姿に自分を重ねた。けれど、瑠璃緒は決して弥琴と同じではなかった。

自信がなく、前向きになれない弱さも間違いなく瑠璃緒の本当の姿だろう。

だが瑠璃緒の心根には確かな意志がある。守りたいものと、こうありたいと願う自分自身の姿が。

「って、悪いな、こんなダセェこと話しちまって。すぐに弱音吐いちまうのもおれの駄目なところだよ。すまねえ、忘れてくれ」

瑠璃緒は顔を上げると、両頬をぱしりと叩いた。

「さて、布団干さねえとな。おれのせいで余計にじめじめしちまったかもしんねえから、いっぱいお天道様に当てねえと」

掛け布団を抱え、瑠璃緒は颯爽《さっそう》と裏庭へ出て行く。

その背を、弥琴は日陰の部屋の中から、ほんの少し眩しく見つめていた。

夜になり寝支度を終えた弥琴は、タロとジロを寝かしつけてから、二階にある自室を出た。隣の部屋は瑠璃緒に貸している。明かりが消えているからもう寝ているのだろう、あやかしたちは昼より夜のほうが活発になるが、天狗は朝が早く、夜は眠ってしまうのだという。

弥琴は瑠璃緒を起こさないよう、静かに階段を下り、一階のある部屋へと向かった。閉められた障子から行燈《あんどん》の明かりが透けて見えている。まだ起きているようだ。

「すみません、今ちょっといいですか」

部屋の中へ声をかけると、返事はすぐに戻って来る。

「ああ、入って構わない」

失礼します、と言って障子を開けた。物の少ない和室の奥の縁側で、燐が月見酒を楽しんでいた。

弥琴が部屋に入ると、燐は肩越しに振り返る。

「ごめんなさい、こんな時間に」

「いや、あやかしは夜にこそ目が冴《さ》えるものだ」

それは確かにそうだが、燐は昼にもまとまった睡眠をとっているわけではない。短時間の昼寝はよくしているものの、朝はいつも早く起きているし、一体いつ寝ているのだろうと弥琴は思っている。

「どうぞ、こちらへ」

「失礼します……」

燐に手招きされ、弥琴は燐の隣に座った。

燐の自室は屋敷の中で一番景色がいい。整えられた裏庭のもっとも美しい場所が正面にあり、仰ぎ見る空も広い。

「弥琴もどうだ」

空のお猪口を渡された。受け取ると、上品な香りの漂う清酒が注がれる。

「……ありがとうございます。いただきます」

少し口に含む。ほのかに甘くまろやかで、華やかな味わいの酒だ。

「美味しいですね」

「顔見知りの神使がつくった酒だ。神も飲むものだからな、美味くて当然だろう」

「か、神様のお酒ですか」

とんでもないものを飲んでいたようだ。しかしいちいち狼狽《うろた》えていてはあやかしの世界で生きてはいけないとすでに学んでいる。

弥琴はお猪口の残りをぐっと飲み干した。この量で酔うことはないが、神の酒だからだろうか、たった一杯でも体の中心が心地よくあたたまる。

「で、どうした？　ようやく共に寝る決心がついたのか？」

二杯目を注ぎながら燐が言う。

「ち、違います。そうじゃなくて」

「違うのか」

「え、落ち込まないでくださいよ……」

しゅんと耳を伏せる燐に、弥琴は少しだけ胸を痛め、且つときめかせてしまったが、慌てて首を横に振った。燐と一緒に寝る心の準備はできていないし、そもそも他に理由があってここへ来ているのだ、ときめいている場合ではない。

「あの、瑠璃緒さんのことで、ちょっと相談があるんです」

弥琴は本題を切り出す。燐が「ほう」と頷いた。

「瑠璃緒がどうした？」

「……瑠璃緒さん、このままでいいのかなって思って」

「このまま、とは？」

「隠れて、逃げ続けていいてってことです」

弥琴は手元に視線を落とす。

お猪口に注がれた清酒に、月明かりが滲んでいる。

「もちろん、本人がそれを望んでいるのなら、逃げるのもありだとわたしは思っています。逃げるのはひとつの方法であって、悪いことじゃないから。だけど瑠璃緒さんは、本当は逃げたくないんだと思うんです」

「あいつは自らここへ来たんだぞ」

「そうですけど……でも、瑠璃緒さんには自分の背負っているものと向き合う覚悟があるはずです。ちょっと、一歩を踏み出す勇気がないだけで」

そう、ほんの少し足りないだけだ。前へ進むための力が。

今は後ろ向きになってしまっているけれど、踏み込むきっかけさえあれば、前を向いて歩くことができる。

（瑠璃緒さんには、皆を守れる頭領になりたいっていう、願いがあるから）

すでに自分の望む道は、確かに示されているのだから。

「そうか」

と、燐は呟いた。

「それで、弥琴はどうしたいんだ」

問われて、弥琴は一度唇を引き結んでから答える。

「背中を、押してあげたいと思ったんです。でも、なんて言えばいいか全然わからなくて、結局何も言えませんでした。わたし自身、強い望みを持って頑張ったこととかないですし……なんかいつも、流されてばかりなんで」

「おれとの結婚は自分で決めただろう」

「それは、そうですけど、それもやや流されてというか、どうしようもない状況に追い込まれていたのもありますし。あ、でも全然、後悔はしてないですけどね。ちゃんと自分で決めましたし、嫌々とかじゃないですし。本当ですよ」

「そう必死になるな。わかっている」

燐に笑われ、弥琴は少し気恥ずかしくなりこめかみを掻いた。

「つ、つまりですね」

「ああ」

「わたしは瑠璃緒さんを応援したいと思ったんです。でも方法がわからなくて。そもそも瑠璃緒さんが命を狙われている今の状況だってどうにかしなきゃいけないのに、その方法も思い浮かばないし」

「ふむ」

「瑠璃緒さん、自分のことをかっこ悪いって言っていたけれど、本当にかっこ悪いのはわたしのほうです。誰かの背中ひとつだって、押してあげられないんですから」

自分のことすらままならない人生を送ってきた人間が、どうして誰かを勇気づけることなどできるだろう。ましてや相手は自分よりもずっと真っ直ぐな芯を持っているひとだ。

瑠璃緒が本音を話してくれたとき、このままでは駄目だと思った。瑠璃緒は自分の本心と向き合って前に進むべきだ。そして、それができるひとなのだと、気づいてもらいたいと思った。

でも、どうすべきなのか考えても、何も思い浮かばなかった。自分が発するどんな言葉も軽く思えて、声をかけることができなかったのだ。

「だから、弥琴はおれに話しに来たのだろう」

弥琴ははっと顔を上げる。

燐が、目を合わせるように覗き込みながら微笑んでいた。

「できることを探してこの方法を取ったんだ。ちゃんとやれているじゃないか」

「えっと……」

「これが、弥琴なりの背中の押し方なんだろうさ。恥じることはない。おまえは十分に立派だ」

燐に頭を撫でられ、弥琴は照れ臭くて目を伏せた。

何もできていないことは間違いない。だが燐にそう言ってもらえると、胸の奥がこそばゆい。

「さて」

と、燐が弥琴の手のお猪口を奪う。

「これは他所の家の問題だからな、出しゃばらずに成り行きに任せるつもりでいたが」

燐は酒をぐいっと仰ぎ、瞳孔の大きく開いた瞳で弥琴を見た。

頭上に輝く月よりも、その瞳は妖しく光る。

「可愛い妻からの相談事だ。おれもひと肌脱ごうじゃないか」

＊

翌早朝、弥琴は何かの叫び声で目が覚めた。

その声は隣の部屋から聞こえてくる。隣は瑠璃緒が寝ているはずだ。

瑠璃緒に何かあったのだろうかと、弥琴は慌てて飛び起き隣部屋へ向かった。

そこで、燐の手によって簀巻《すま》きにされている瑠璃緒を見つけた。

布団と縄できつく縛られ身動きが取れなくなっている瑠璃緒の上に、燐が優雅に足を組んで座っている。

「……一体何が」

「ああ弥琴。すまない、起こしてしまったか」

「み、弥琴さん！　助けてくれぇ！」

呆然と立ち尽くす弥琴を、燐は涼しげに、瑠璃緒は必死の形相で振り返る。

「ど、どうしたんですか。これはどういう状況ですか」

「知らねえ！　寝てたら急に燐がおれをこんな目に！」

「黙れ、早朝だと騒がしい声は余計に耳障りだ。猿ぐつわでも嚙まされたいのか」

「んなわけあるかよ！　早く解けっての！」

「駄目だ。こうでもしないとどこかに逃げて、連れて行くのに手間取りそうだからな」

燐がため息まじりにそう告げる。すると簀巻きの状態で暴れていた瑠璃緒の動きが、ぴたりと止まった。

「連れて行くって、どこにだよ」

瑠璃緒は顔を引きつらせながら燐を見上げる。

燐は、まるで悪の親玉のような顔で笑っていた。

「決まっている。比良山だ」

比良山、と弥琴は燐の言葉を繰り返した。比良山は、瑠璃緒の故郷だ。

（そうか、燐さん、昨日のわたしの相談を聞いて……瑠璃緒さんを仲間たちのところへ連れて行こうとしているんだ）

それにしても、方法があまりにも雑過ぎるのではないだろうか。話し合って説得するどころか、話をする間もなく拘束し無理やり引っ張って行こうだなんて、荒療治にもほどがある。ひとりで行かせるわけではなく燐も一緒に行こうとしているあたりに優しさが見えなくもないが。

「な、なんでだよ燐！　おれをここで匿ってくれるんじゃなかったのかよ！」

「気が変わった」

「はあ!?」

「さあ弥琴、下に朝食を用意してある。ゆっくり食べて支度を済ませて来い。おまえの準備が整ったら、比良山へ出かけるぞ」

弥琴は「うっ」と声を詰まらせた。

優しく微笑む燐の尻の下では、段ボール箱に入れられた子犬のような顔で瑠璃緒がこちらを見ている。

「弥琴さん……」

瑠璃緒は弥琴に助けを求めていた。

突然簀巻きにされ、信頼していた相手に裏切られ、逃げてきたはずの故郷へ連れて行かれようとしている。

大層恐ろしい思いをしていることだろう。弥琴は瑠璃緒を可哀そうに思った。できれば助けてあげたい。けれど。

「すみません瑠璃緒さん！　ごはん食べてきます！」

瑠璃緒は芯こそしっかりしているものの、表面的な思考自体は概《おおむ》ね弥琴と似ているのだ。であれば、じっくり話して考えさせるよりも、追い込んで逃げ場をなくし、否《いや》が応《おう》でも行動せざるを得ない状況を作ってしまうほうがいい。時間を与えても悩み続けるだけだ。

弥琴は心を鬼にしてその場を立ち去った。その背中越しに、

「弥琴さぁん！」

という瑠璃緒の悲しい叫びが聞こえていた。


弥琴が支度を終えた頃には、暴れ疲れたのだろうか、瑠璃緒はすっかり静かになっていた。

燐がぐったりした瑠璃緒を肩に担ぐ。それでもなお瑠璃緒が大人しくしているので、もしや死んではいないかと心配になり、顔を覗き込んでみた。瑠璃緒は顔を真っ青にし、それこそ死んだ魚のような目をしながらも、一応は生きているようだった。

「瑠璃緒さん、大丈夫ですよ。燐さんとわたしが付いていますからね」

弥琴が声をかけると、瑠璃緒は焦点の定まっていなかった目をぎょろりと動かし燐を睨んだ。

「……もう燐になんてぜってぇ頼らねえ」

「そうか、では金輪際泣きついてくるんじゃないぞ」

「あたりまえだ！　この人でなし！」

「人ではないからな。おまえだってそうだろう」

瑠璃緒は唸ったが、すぐにまた静かになった。すでに解放されることも燐に勝つことも諦めているらしい。

「……おれが殺されたら燐のせいだ」

「そんなわけあるか。すべておまえの責任だ」

「うぅ……クソ猫め。薄情者。極悪妖怪」

燐は瑠璃緒の言葉を無視し、簀巻きを担ぎ直す。

「さて、行こうか」

そして一行は横丁の大門を通り、琵琶湖《びわこ》の西岸にそびえる比良山へと向かった。

門を出ると、辺りは山の中だった。

振り返っても、木と木が並んでいるだけで、一見してそこに通り道があるとは思えない。周囲に建造物はなく、前後左右変わらない景色があるばかりだ。どうやら人里からは随分離れた場所に出たらしい。

深い緑の中は恐ろしく静かで、澄みきった、しかしどことなく肌が粟立《あわだ》つような空気が流れている。

「燐さん、ここは……」

「すでに比良山の中腹、天狗の里の結界内だ」

問いかけた弥琴に燐はそう答えた。

「各地の天狗の里は、黄泉路横丁と同じように、現世にありながら人の世とは隔離された場所にある。里の入口自体はまだ先だが……ここはもう天狗たちの領域ということだな」

燐は担いでいた瑠璃緒を下ろし、瑠璃緒を拘束していた縄を解いた。

自由の身になった瑠璃緒は、地面に膝を突いて喘《あえ》ぎながら、涙を浮かべた瞳で燐を見上げる。

「本当に連れて来やがったな燐……一生恨んでやる！」

「勝手にしろ」

「意地クソ悪い猫野郎め！　てめえなんて食っちまうからな！」

「まったく、腰抜けのカラスはよく吠える。ほら、でかい声を出すと里の者に見つかるぞ」

燐はぐるりと辺りを見回し、ある場所で視線を止めた。

薄い唇に隠された、小さな牙を見せびらかすように笑う。

「ああ、遅かったか」

え、と瑠璃緒が掠れた声を漏らした。

燐の向いた方向から、かさりと落ち葉を踏んだ音がした。

「……瑠璃緒？」

木々の合間から現れたひとりの天狗が、瑠璃緒に目を留め、その名を呼んだ。

「く、狗嵐《くらん》」

「瑠璃緒、戻っていたんだね。無事でよかった。皆きみを捜していたんだよ。一体どこに行っていたの？」

「いや、その……」

狗嵐と呼ばれた天狗は、心配そうな顔をしながら一歩二歩と瑠璃緒に近づく。だが瑠璃緒はそれに反発するかのようにずるずると後ずさる。

「瑠璃緒？」

「おれは……」

瑠璃緒の顔は強張っていた。弥琴の目から見て狗嵐に敵意は感じられないが、瑠璃緒はそう思っていないようだ。

（もしかしてこのひと、黒燕さんの仲間なのかな。それとも、このひと自身が、頭領の継承権を持っているのかも）

狗嵐は困惑しながらも瑠璃緒に手を伸ばそうとした。

それを合図としたかのごとく、瑠璃緒が飛び跳ねるように立ち上がる。

「あ、瑠璃緒！」

瑠璃緒は止める間もなく駆け出した。

深い山の中だ、その姿はあっという間に木々の向こうに見えなくなる。

「え、ちょ、燐さん、どうしましょう」

「放っておけ。横丁への道を使わなかったから遠くに逃げたわけじゃない。きっとそこらに隠れているはずだ」

「でも……誰かに見つかったら」

「逃げ足だけは速い奴だ。心配ない」

弥琴は瑠璃緒の駆けて行ったほうを見ていたが、燐はそちらには目もくれず、もうひとりの天狗のことをじっと観察していた。

弥琴と同じ場所を見つめ所在なげに手を伸ばしていた狗嵐は、燐の視線に気づくと、はっと居住まいを正す。

「きみたちは？」

弥琴たちに向き直り、狗嵐はやや眉をひそめた。

「猫又の燐だ」

「あ、つ、妻の弥琴です」

「猫又の燐って言えば、幽世の門の。瑠璃緒が懇意にしていると聞いたことがあるよ。

そっか、きみたちが瑠璃緒を連れて来てくれたんだね」

狗嵐が表情を緩める。燐の素性を知り警戒心を解いたのだろうが、それにしても初対面の相手に対し、あまりにも毒気のない表情だ。

狗嵐は、瑠璃緒や黒燕とはまた違った雰囲気を持つ天狗だった。男であるが背丈は弥琴と同じほどで、華奢《きゃしゃ》な体格であり、一見して儚げな美少年といった風貌だ。

「それにしても瑠璃緒、急に走りだしてどうしたのかな。久しぶりの故郷に気分が上がっちゃったのかなあ」

狗嵐は首を傾げ、瑠璃緒が走り去ったほうへと視線を戻す。追わないのは、追う必要がないからだろうか。それとも、まさか瑠璃緒が逃げ出したとは思っていないからだろうか。

（もしもこのひとも瑠璃緒さんの命を狙っているなら、自分で追うかすぐに仲間に知らせるかしそうだけれど）

狗嵐にはその様子がなかった。ただただ邪気のない顔で瑠璃緒を心配しているだけのように見える。

「狗嵐とやら」

燐の呼びかけに、狗嵐が振り返る。

「少々話を聞かせてもらいたいのだが、構わないか」

「ええ、いいけど、何？」

「まずはおれたちが瑠璃緒を連れてここに来たわけを話そう」

弥琴はぎょっとした。瑠璃緒にはなんの話もせずに強行したくせに、敵かもしれない相手には話をするのかと。しかも、恐らく本来話すべきではない話を。

（……でも燐さんなりに、考えがあるのだろうし。たぶん）

そもそも狗嵐は敵ではないような気がしていた。あまりにも害意を感じないのだ。瑠璃緒と親しい燐に対しても、もちろん、瑠璃緒本人に対しても。

（危険じゃないのはいいことだけど、一体どうなっているんだろう）

瑠璃緒は比良山へ帰ることをひどく恐れていた。その様子から、どこにも味方がいないような状態なのかと思っていたが……どうやら考えていた状況とは違うようだ。

「きみたちが瑠璃緒とここに来たわけ？」

「ああ」

燐は嘘を混ぜることもなく、ありのままを狗嵐に語った。

命を狙われた瑠璃緒が燐のもとへ助けを求めに来たこと。狙われている理由は跡目争いによるものだということ。しばらく瑠璃緒を匿うことにし、黄泉路横丁へ瑠璃緒を捜しに来た黒燕にも、嘘を吐き、帰ってもらったこと。

燐の話を聞いた狗嵐は目を丸くし、「はあ？」と素っ頓狂な声を上げたあとで、腹を抱えて大笑いした。

「何それ、そんなことあるわけないない！」

　ひとしきり笑ってから、狗嵐は本当のことを話し始める。

「黒燕は普通に瑠璃緒を捜しに行っただけ。襲うどころか瑠璃緒の身をすごく案じているくらいだよ。そもそも跡目に関しての争いなんて起きていないんだからね」

「比良山の者は、誰も瑠璃緒の命など狙っていないと」

「当たり前だよ。どうしてぼくらがそんなことをするのさ。確かに継承権のある者は何人かいるよ。でも、次の頭領は瑠璃緒に決まっているし、里の誰もがとっくにそれを認めている」

「ふうん、やはりそうか」

　燐が腕を組みながらため息を吐く。

「瑠璃緒を幽世へ送らなかったのは正解だったな」

「本当だよ。幽世にまで行っちゃってたら大変なことになってた」

「ちょ、ちょっと待ってください」

　弥琴は右手を突き出し、ふたりの会話を止めた。

　眉間に力を入れ、狗嵐の言ったことを頭の中で反芻《はんすう》する。

「……狗嵐さんの言うことが真実なら、瑠璃緒さんの言っていたことは嘘だってこと、ですか？」

「嘘とも言えん。あいつの様子を見るに、あいつはそう信じているのだろうよ」

燐が答える。

「つまり……すべては瑠璃緒さんの勘違いだと」

「ああ。要するに茶番、だな」

弥琴はぽかんと口を開け、しばらく固まってしまった。数秒まぬけ面を晒したのち、がっくりとうな垂れる。

最初から心配することなど何ひとつなかったのだ。すべては悩む間もなく解決していた。そもそも問題すら起きていなかった。

命の危険がないとわかったことは、もちろんいいことではあるが。

「……もしかして燐さん、初めから気づいていました？」

「そりゃあな、平安の世ならいざ知らず、今どきこんな血なまぐさい話あるわけない。とくに比良山の天狗は知的で穏やかな気質のものばかりだ、仮に跡目争いが本当に起きていたとしても、話し合いで解決させるはずだと思っていた」

「なら教えてくださいよ！」

「ふふ、本気で心配し悩んでいる弥琴がいじらしくてな」

「もう！」

弥琴は眉を吊り上げたが、燐は意にも介さず朗らかに笑っていた。

「なるほどね、ぼくのほうも理解したよ」

狗嵐が顎に手を当てる。視線は瑠璃緒が駆けて行ったほうへ向けられていた。瑠璃緒は随分遠くへ行ってしまったのだろう、やはり姿は見えない。

「瑠璃緒はそんな理由で帰って来なかったわけか。さっき走って行ったのも、ぼくから逃げ出したってわけだね。力の強い黒燕にならともかく、ぼくにまであんなに怯えるなんてねえ」

「ということは、狗嵐殿も」

「ええ、ぼくは次郎坊の甥《おい》だからね。一応ぼくにも跡目を継ぐ権利っていうのはあるんだよ」

狗嵐は視線を燐へ戻し、苦い顔で笑う。

「まあぼくは頭領になんてなる気はないけどね。自由に好きな学問を追究するほうがうんと楽しいから。他の奴らだってそうさ。ぼくみたいに嫌がっている奴ばかりではないけれど、頭領になるのは自分ではないって認めている。黒燕だって、瑠璃緒をしっかり支えられるように次郎おじさんのもとで学んでいるところなんだから」

それを瑠璃緒もわかっているはずなんだけど、と狗嵐はぼやく。

「瑠璃緒ってば、昔からやけに自己評価が低かったり、思い込みが激しかったりするところがあったからねえ。それを直すために太郎坊さんのところに修行に出されたんだけれど」

狗嵐が肩を竦めた。今のこの状況を考えれば、修行の成果が表れていないのは明白だった。

未熟さは確かにある。だがそれは乗り越えられるものであると思っているから、比良山の天狗たちは瑠璃緒を次の頭領と認めているのだろう。

「瑠璃緒が頭領になることを認めていないのは、瑠璃緒だけということか」

燐が呟いた。

弥琴は唇をぎゅっと結ぶ。

瑠璃緒は確かに臆病で、自分に自信を持てずにいる。しかし明確な意志と目標は間違いなく持っている。

必ず、自分の弱い部分とも向き合えるはずだ。弱さも含め自分を認め、支えてくれる仲間の存在に気づくことができれば、瑠璃緒はきっと前へ踏み出すことができる。

そのためには。

「早く瑠璃緒さんを捜して、話をしないといけませんね。単なる思い過ごしだって気づいてもらわないと」

元々幽世まで逃げようとしていたくらいだ、早く見つけなければ、またどこまで逃げてしまうかわからない。

「そうだねえ」

と狗嵐が頷く。

「でも、瑠璃緒は走るのも飛ぶのも速いから、捕まえるのは大変そうだなあ。それに、話してわかってもらえるかも心配だよ。それで済むなら、最初からこんな勘違い起こしていない気がするんだよね」

「た、確かに。だけど放っておくわけにはいかないですし」

どうするべきかと狗嵐と共に首を傾げていると、燐がふっと笑った。

「案ずるな、おれに任せておけ。ひとつ策がある」

弥琴は狗嵐と目を合わせ、それから燐を見上げた。

腕を組み、遠くを眺める燐の顔は、まるで面白いいたずらを思いついた悪ガキのようだった。

「目には目を、歯には歯を。茶番には茶番を、だ」

日本一の湖、琵琶湖の西岸に雄大に連なる山地、比良。

濃い緑に覆われる夏が過ぎると山全体が紅く染まり、冬は『比良の暮雪』と云《い》われるように深く雪を積もらせ、春には比良八荒と呼ばれる恐ろしい風を吹く。

その山に、平安時代初期から棲みついている天狗の一族がいる。八大天狗がひとつ、次郎坊率いる衆である。かつては京の比叡山《ひえいざん》に在った次郎坊だが、最澄《さいちょう》をはじめとした強い法力を持つ僧たちが山へ入って来たことから、比叡山から連なる比良山へと棲み処を移した。

それから千年余り、些細な諍《いさか》いはあれど概ね平和に生きてきた比良山の天狗たちの身に、今日、重大な事件が起こるのだった。

「天狗共！　よく聞け！」

人の世との境界線となる結界の内側に、さらに強い結界を張り、天狗たちは里を作り暮らしている。

その結界の一部が突如音を立てて砕かれた。

里の守りを打ち破り侵入してきたその者は、里中に轟くよう声高に吠える。

「おれの名は燐。猫又の燐様だ。比良山の天狗共よ、このおれがわざわざこんな田舎くんだりまで来てやったことを喜ぶがいい」

建物の瓦屋根に仁王立ちし、燐は悪魔めいた笑い声を上げながら天狗たちを見下ろしていた。事態を把握できていない天狗たちは、突如現れたそのあやかしを、唖然《あぜん》とし見つめている。

猫又の燐。現世に棲むあやかしに、その名を知らない者はいない。だから天狗たちは、やって来たそのあやかしが何者であるかは理解していた。

だからこそ戸惑った。

現世のあやかしたちのまとめ役ともされる彼が、なぜこのように……結界を破りあたかも里を襲うかのような形でやって来たのかと。

「おい、そこのおまえ」

燐は大げさにぐるりと辺りを見回したあと、近くにいた若い天狗に目を付けた。

「比良山の天狗の里には、この世にふたつとない、それはそれは美しい玉《ぎょく》があると聞いた」

若い天狗は目を丸くする。周囲にいた他の天狗も同様の反応を見せた。

確かにこの比良の里には、越後より譲られた玉の原石が千年もの間伝わり続けている。もしも人の世に出されれば、人はそれに価値すら付けられないだろうほど良質で立派な玉である。

それの存在については、公にしているわけではないが、一切の口外を禁じられてきたわけでもない。

天狗たちが訝しんでいるのは、燐が玉の存在を知っているという事実ではなく、今、この場でどうして玉のことを話すのか、という点であった。

「おれはもうじき祝言を挙げる予定でなあ。その玉を髪飾りにでもすれば、我が妻、弥琴の花嫁衣裳《いしょう》によく映えると思うのだ」

天狗たちの疑問を汲《く》み取ったかのように燐は続ける。口元には笑みを湛えたまま、鋭い瞳孔をより細めて。

「だからおれにその玉を寄越せ。さあ、今すぐこの燐様のもとへ持って来い！」

天狗たちの息を呑む音が聞こえてくるようだった。明らかな戸惑いが周囲を満たしていく。

ほんのわずかの沈黙のあとで、若い天狗が叫んだ。

「あの玉は我が比良山の宝物《ほうもつ》だ！　いくら燐殿とて、くれと言われてやれるものではない！」

それに続き、他の天狗たちも口々に燐を非難する声を上げる。

だが燐はまったく怯《ひる》むことなく「はっはっは」とお手本のような高笑いを響かせた。

「なんとまあ、口の利き方を知らん田舎のカラスたちだ」

「なんだと！」

「いいのか貴様ら。おれに逆らえば、こいつがどうなっても知らんぞ」

その台詞は、登場の合図だった。

足を滑らせないよう注意しながら瓦をのぼり、弥琴は満を持して天狗たちの前に姿を現した。一緒に前へ出た狗嵐は後ろ手に縛られている。その縄の先を、弥琴が握っ

していた。

　そして確信していた。

「く、狗嵐！」

「皆ぁ、捕まっちゃったよぉ」

　捕らえられた仲間の姿を目にし、天狗たちは明らかに動揺していた。そして確信したはずだ。燐が自分たちの敵であることを。

「なんてことを……卑劣な！」

「ははっ、なんとでも言え」

「コワイヨ、タスケテェ」

　仲間たちに助けを求めると、狗嵐はちらりと弥琴を見た。弥琴ははっとし、自分の台詞を思い出す。

「う、うちの旦那様に逆らったら、この天狗の翼をむしって、手羽先にして食べちゃいますからね！」

「弥琴さん、敬語」

「あ！　た、食べちまうわよ！」

　何度も練習したのに緊張して失敗してしまった。だが天狗たちは疑うことなく、険しく鋭い目を燐と弥琴へ向け続けている。

（本当にうまくいくのかなあ）

悪役でしかない燐の姿と、こちらに敵意を向ける天狗たちを見ながら、弥琴はこっそりため息を吐いた。

瑠璃緒を誘《おび》き出し、且つ頭領の跡継ぎとしての己を自覚させるための案として、燐が提示したのがこの『天狗の里襲撃作戦』である。

燐は、瑠璃緒はまだ近くにいて、里の者たちの様子を窺っていると踏んでいた。つまり里に異変が起きればすぐに気がつくはずだ。里と仲間たちの危機となればさすがの瑠璃緒も出て来るだろう。危機にどう対応するかによって、瑠璃緒の頭領としての器も明白になる。

との考えのもと、燐は見事に典型的な悪役となり、比良山の天狗たちを襲っているのである。その作戦には当然のように弥琴と狗嵐も巻き込まれた。

狗嵐は仲間を謀ることになってしまうが、意外にもこの作戦に前向きで、

「瑠璃緒のためだし、何より面白そうだからやるやる」

と即答し、燐と共に何やら楽しそうに設定を練り始めたのだった。

弥琴は、和気藹々《わきあいあい》と物騒な相談を続けるふたりの様子を見守りながら、ひたすら不安を覚えていた。そんなことをして、もしも瑠璃緒が出て来なかったらどうするつもりなのだろうか。そのことを燐に問うと、

「そのときはそのとき。所詮瑠璃緒はその程度の男でしかなく、おれたちは天狗の敵

となるだけよ」

　と、あっけらかんと答えたのだった。

（瑠璃緒さん……お願いします、出て来てくれ！）

　そうでなければいつまでも逃げ続けてしまうことになるばかりか、燐と弥琴が本当にただの襲撃犯になり、こちらも逃げなければならない事態となってしまう。

　現在、一応予定どおりに事は進んでいるが。

　果たしてここからどうなるのか、弥琴にはやはり不安しかない。

「素直に玉を持って来さえすれば、この天狗は無事に返してやる。どうだ、貴様らの宝玉の価値は、仲間の命より重いのか？」

「くそっ！」

「重いのであれば、ますます欲しくなってしまうがな」

　空に向かい笑う燐が、悪者というよりも、どこぞの我儘《わがまま》な女王様に見えてきた。

　燐ひとりで十分に天狗たちを翻弄しているので、ボロを出さないためにも黙っていようと、弥琴はむっと唇を閉じる。

　すると。

　場の空気がふいに変わった。

　肌にぞわりと寒気が走る。風など吹いていないのに、強い圧に体を押し付けられているようだ。

（な、何？）

弥琴が緊張するのに反して、周囲の天狗たちは安堵《あんど》の表情を浮かべていた。

狗嵐が小声で「来たよ」と囁《ささや》く。

「燐殿」

集まる天狗たちの人垣の奥から、ひとりの天狗が現れた。

その大きな体軀と鋭い瞳には見覚えがある。つい先日、屋敷で会ったばかりだ。

作戦会議中、狗嵐が「彼が出て来ないことを祈ろうね」と言っていたが。祈りむなしく、現れると作戦に支障が出るどころか、被害すら出かねないひとが登場してしまった。

「おや、黒燕殿」

「これはどういうことか」

黒燕は声音こそまだ冷静であるものの、眉間に深く皺を寄せ、燐を睨んでいた。

「……血迷ったか、燐殿」

「まさか。おれは常に冷静で正しくある」

「貴殿はこのようなことをする方には見えなかったが」

「ならば貴様の目が狂っていたということだろうな」

燐は黒燕の威圧をものともせず、むしろ飄々《ひょうひょう》と煽ってみせる。

「致し方なし」

黒燕は深く息を吐き出した。周囲の天狗たちを後ろに引かせ、両の翼を大きく広げる。

「なんだ、歯向かう気か？」

「今の貴殿とは話ができぬようなのでな」

「仲間がどうなってもいいのか」

「狗嵐も比良の誇り高き天狗。覚悟はできておろう」

狗嵐がぎょっとしたのを弥琴は見逃さなかった。もしも彼が本当の人質だったとしたら即猛抗議していたに違いない。

「燐殿、いくら貴殿とて我が比良山に仇《あだ》なすのであれば、容赦はしないぞ」

力強い羽ばたきと共に黒燕が空に舞い上がった。

殺伐とした空間に砂埃《すなぼこり》が立ちのぼる。

「そうか、ならば」

地が鳴るような声で燐が唸った。

「こちらも力ずくで奪うまでよ」

轟音《ごうおん》が天を劈《つんざ》き大地が揺れる。

「弥琴さん、伏せて！」

「ひぃい！」

弥琴は狗嵐に支えられながら身を伏せた。簡単に解けるようにしていた狗嵐の拘束はとっくに外されている。そのことに気づく天狗はもういないだろう。

黒燕の翼が三度羽ばたくと、竜巻のような苛烈な風が巻き起こった。吹き荒れる風は周囲の物を薙《な》ぎ払いながら燐に襲い掛かる。

「り、燐さん！」

「ふん、生温《なまぬる》い」

燐が宙を引き裂くように右手を振った。

燐の爪の先から真っ赤な炎が噴き上がり、壁となって黒燕の風を受け止める。さらにひと掻き腕を振るえば、炎はより激しくうねり空まで舞いのぼった。

周囲の天狗たちが騒ぎ逃げ惑う声が聞こえる。

「ひえぇ、燐さん強い！　でもやりすぎでは……」

弥琴は真っ青な顔で目の前の衝撃的な光景を見ていた。あまりの事態に気を失うことすらできない。

「と、止めないと。大変なことに」

「無理無理無理、黒燕が出てきたからにはもうぼくたちでは止められないって」

「狗嵐さん、なんでそんなに冷静なんですか。本当に里がめちゃくちゃになっちゃいますよ！」

「そうなったらどうしようねえ」

「そんなのんきな！」

里を襲うことは本意ではない。もちろん玉の宝物とやらにも興味はない。里の襲撃はあくまで芝居であって、果たすべき目的は他にあるのだ。

（そうだよ、天狗たちと戦うためにこんなことをしてるわけじゃない）

異常事態に思考が追いつかず忘れかけていたが……こんな危険な茶番劇を始めたわけは、そう――。

「黒燕よ、そんなそよ風ではおれの炎は消せないぞ」

「……八つ裂きにされたいらしい」

「その前におれがおまえを焼き鳥にしてやろう」

空気が震える。

黒燕は翼を大きく広げ、燐は掲げた右腕の爪を立てた。

そのとき。

「ちょっと待て待て！　待て！」

砂埃の舞う中、声を上げる者がいた。

弥琴は狗嵐と目を見合わせ、屋根を這いずりながら下を覗いた。

「瑠璃緒さん！」

「おお、本当に出て来てくれたね」

瑠璃緒が、燐と黒燕の間に入るように立っていた。

翼を広げ立ちはだかる姿は一見勇猛に見えるが、その顔は遠目からでもわかるほど
に青ざめている。

「黒燕、燐、何してんだよおまえら！　一体何がどうなってんだ！」

「瑠璃緒……帰っていたのか。どこに行っていた」

「んなこと今どうでもいいだろ！　なんなんだよこの状況は！　なんでおまえらが喧《けん》
嘩《か》してんだよ」

「燐殿は我らの敵だ。同胞を質にとり宝物を奪い、里に害を為そうとする」

「はあ？」

信じられないと言った顔で瑠璃緒は燐を見る。

燐はこくりと頷き「そうだな、間違いない」と答えた。

「ちょ、わけわかんねえよ。どういうことだよ」

「どうも何もこれが事実だ。燐殿は我らに刃を向けた」

「おや、先に攻撃を仕掛けてきたのはそちらでは？」

「卑怯《ひきょう》な真似《まね》をしておいてどの口が」

「ちょっと待てって。とりあえず、黒燕も燐も落ち着け、な。おまえらに暴れられちゃ比良が禿山《はげやま》になっちまうよ」

瑠璃緒は「ほら深呼吸でもしようぜ」と言い、微動だにしないふたりを尻目に深く息を吸っては吐き出す。

空気はいまだ張り詰めたままだ。その真っただ中で、最後の深呼吸を終えた瑠璃緒は、燐と黒燕へ手のひらを向ける。

「黒燕は一旦下りて、ちょっと頭冷やせ。おまえは強ぇけど、すぐ力でどうにかしようとするからいけねえよ。里を守ろうとして逆に壊してちゃ世話ねえって。見てみろ、瓦も吹き飛んじまって、仲間たちまで怯えてる」

「むう……」

「燐も、なんかわけがあんだろ。おまえ性格すげえ悪いけど、こんな馬鹿なことする奴じゃねえもん。なあ、わけがあんなら話してくれ。話せばわかるかもしんねえから」

黒燕は瑠璃緒の言うとおり大人しく地上へ下り立った。だが、燐はふんぞり返り、不敵な笑みを湛えたままだ。

「話せばわかる？　さて、どうだかなあ。おれは回りくどいのは嫌いだしな」

「わっ、やめろやめろ！　おまえとやりあって勝てねえのはわかってんだから！」

爪を見せる燐を瑠璃緒は慌てて止める。

「なあ燐、おれたち友達じゃねえのかよ。なんでこんなことすんだよ」

「おれの邪魔をするからだ」

「邪魔ってなんのだよ。絶対おかしいって。おまえ、誰かが傷つくようなことする奴じゃねえじゃん！」

「どうだか。おれのことを極悪妖怪と言ったのはおまえだろうに」

「そりゃそうだし、否定しねえけどさあ！」

瑠璃緒は懸命に叫ぶ。

だが燐は聞く耳を持たず瑠璃緒の足元に向け炎を放った。

「うわあ！」

「っは、無様だな瑠璃緒。この程度でそんな情けない声を上げるとは」

燐の声は冷たく、演技だと知っている弥琴でさえ怖気《おじけ》づいてしまうほどだ。

瑠璃緒も今にも泣き出しそうな顔をしていた。恐怖の対象を背に庇い、信頼していた相手に攻撃され、本当なら今すぐにでも逃げたいと、瑠璃緒の表情は語っている。

「腰抜けは腰抜けらしく、大人しく隠れて泣いていろ」

燐のその言葉に、黒燕が一歩踏み出した。

それを瑠璃緒は手で制す。

「……わかってんだよ。おれだってそうしてぇよ。怖えし今すぐ逃げてぇ。燐と黒燕がやり合ってるところに出て来んのだって本気で嫌だったんだからさ」

「ならば逃げればいい。得意だろ」

「そうだけど、できるわけねぇじゃん。自分のことならさっさと逃げちまえば済むけど、他の奴らが巻き込まれてんのに無視するなんてさすがにできねえ。皆に必要とされてなくても……おれには皆が、この里が大事なんだよ」

瑠璃緒の本心が零れる。自分に自信を持てず、悪いほうにばかり考えて逃げていた間にも、決して見失うことのなかった思いだ。

「そうは言ってもおまえに何ができる？」

「確かにおれは弱いし学もねえよ。でも本当になんもできねえわけじゃねえ。なあ燐、おれはおまえと話ができる」

「話をして何になる」

「何にでもなるさ。故郷をめちゃくちゃにする奴は許せねえ。でも力で無理やり捻《ね》じ伏せたって何も解決しねえ。どうにかしたけりゃ相手の思いを知るしかねえんだ。それで理解できなくても、ハナから理解しようとしねえのとはわけが違ぇよ」

「理解できなければ意味はない」

「んなこたねえ。理解できないことを認めて、別の解決方法を探しゃいい」

「甘過ぎる」

「うるせえ！　なんと言われようと、これがおれのやり方なんだよ！」

瑠璃緒は涙の張った瞳を見開き、唇を強く嚙んで燐を見上げていた。

ふうん、と燐が呟く。

「それがおまえの戦い方というわけか」

「戦い方じゃねえ。守り方だ」

「守り方、な」

勇ましいとは言えなかった。顔は強張り、きつく握り締めた両手は震えているのが見て取れる。

それでも、黄泉路横丁で燐に泣きついていたときとはまったく違っていた。瑠璃緒は自分以外に守るべきものがあってこそ持ち得る強さを出せるひとなのだろう。

どれだけ恐ろしくても仲間の前に立つ。それができるひとだ。

「瑠璃緒」

静かな声で燐が呼ぶ。

「な、なんだよ」

「おまえ、話ならできると言ったな。ならばなぜそれをしない。きちんと話をしろ。

話すべき者と話し相手の思いを聞け。わかったな」

「あ？　ああ、うん」

「わかったなら、降参だ」

燐がひょいと両手を上げた。

「へ？」と瑠璃緒は間抜けに口を開ける。

「引くぞ弥琴」

「え、あ、はい！　じゃあ狗嵐さん、あとはよろしくお願いします」

「ありゃあ、荷が重いね」

弥琴を抱え地上に下り立った燐は、そのままさっさと里を出て行こうとする。弥琴は他の天狗にばれないように狗嵐に頭を下げ、小走りで燐の背を追いかける。

「おい燐！」

瑠璃緒が呼んでも燐は立ち止まることはなく、返事すらしない。どうやら悪役のまま退場するつもりのようだ。ならば弥琴も瑠璃緒に声をかけることはできなかった。

瑠璃緒をめいっぱい褒めてあげたい気持ちを押し殺し、里の出口となる門をくぐる。

そのとき。

「お待ちなさい」

新たな声がその場に響き、燐の足がひたと止まった。

「これは、次郎坊殿」

弥琴も足を止め振り返る。すると、集まった天狗たちの向こうから、ひと際体の大きな天狗がやって来るのが見えた。体格のいい黒燕にも勝るほどの巨軀《きょく》だ。

(次郎坊……瑠璃緒さんのお父さんで、この里の一番偉いひと、ってこと?)

この場にいる他の天狗たちと違い、次郎坊は随分歳を重ねた外見をしていた。顔には深い皺がいくつも刻まれ、髪は白く染まっている。隠居を考えているほどだからそれなりに老齢であるのだろう。だが、鍛え抜かれた体軀は迫力に満ち、黒々とした瞳には威圧感さえ漂う。とても引退を間近に控えているようには見えなかった。

「やれ、久しいな燐殿。先日嫁御をもらわれたとか。そこにおられるのがそうかな」

「ああ、妻の弥琴だ」

「ほうほう、なんと可愛らしい。うちの倅にもこんな嫁御が来てくれればいいが」

次郎坊に視線を送られ、弥琴はさっと頭を下げた。

絶対に怒られると確信していた。いや、怒られる程度で済むならばありがたいくらいだ。頭領自ら悪者退治となれば、先ほどの騒ぎどころではない。

(どうしよう……と、とにかく謝らないと)

弥琴は脳みそを全力で稼働させ、社畜時代に培った語彙を総動員し謝罪の言葉を考えていた。しかし、弥琴の不安とは裏腹に、

「瑠璃緒」

　と次郎坊が低い声で呼んだのは、燐や弥琴の名ではなかった。

「あん？　なんだよ」

「なんだよじゃない。この馬鹿息子が！」

　鉄球のような拳骨《げんこつ》が瑠璃緒の頭に振り下ろされ、鈍い音が辺りに響いた。

　声にならない声で呻《うめ》きながら、瑠璃緒は涙の浮かぶ目で父親を睨む。

「いきなり何すんだぁクソ親父！」

「誰がクソ親父だ！　まったくおまえは……せっかく兄者のところへ修行に行かせたのに、なんも成長しとらんようだな」

「何がだよ！」

「何もかもがだ馬鹿たれ！」

　もう一発拳骨が落ちた。周囲の者たちが揃って首を竦めた。

「……ってぇえ！　何すんだよもう！」

「喚《わめ》く暇があるなら、早く燐殿に礼を言え」

「礼？　なんのだよ」

「気づいとらんのか。燐殿はな、おまえのためにひと肌脱いでくれたのだ」

「はあ？」

瑠璃緒が燐に目をやった。燐は涼しげな顔で腕を組むばかりで何も答えようとはしない。

瑠璃緒は父へ視線を戻す。

「どういうことだよ、おれのためにって」

「燐殿はおまえの思いを確かめ、頭領としての器を見定めてくれたのだ。馬鹿な勘違いをして逃げてばかりいるおまえのために、わざわざ憎まれ役を買って出てまでな」

弥琴ははっとした。もちろん次郎坊には今回の作戦のことを伝えていない。

(次郎坊さん、見抜いていたんだ)

すべてが燐による狂言であり、そしてそれが、瑠璃緒のためのものであったことを。

「狗嵐、おまえも話すことがあるな?」

ふいに名指しされ、狗嵐は戸惑いがちに一歩前に出た。

「あ、うん……あの、皆ごめんね。実はさっきの、全部お芝居だったんだ。ぼくは何も酷いことはされてないし、強要もされていない。大丈夫だよ」

狗嵐がひらひらと両手を振る。自分で解けるほどの緩い拘束しかされていなかった両腕には、もちろん跡ひとつ付いていない。

「はあ? 芝居だって?」

「ぼくは燐さんに協力してたんだ。ごめんね瑠璃緒。他の皆も心配かけたね」

「……おいおい、なんだよそれ！　なら、もしかして黒燕も」

「いや、自分は何も知らず。燐殿を敵だと思ってしまった」

戦っていたときとはまるで違い、黒燕は翼も肩も小さくすぼめている。

「黒燕よ」と次郎坊が名を呼んだ。黒燕は硬い表情で返事をする。

「おまえまでもこの企《たくら》みに気づかないとは、まだまだ修行が足りんな」

「……面目次第もありません。瑠璃緒が現れなければ、自分は怒りに任せ里を壊してしまっていたかもしれない」

「ふむ、おまえの力は里のためになる。が、使い時を間違えないようにせねばな」

黒燕は唇をきつく結び、深々と頭を下げた。

次郎坊が振り返る。

「さて燐殿、うちの倅が迷惑をかけた。申し訳ない」

「いや、それ以上の迷惑をかけてしまった気がするからな。こちらこそすまなかった」

「何、この馬鹿たれが妙な思い違いをしなければ済んだことよ」

三度目の拳骨も見事に瑠璃緒の脳天へ落ちる。

「な、全部おれのせいだってのかよ！」

「当たり前だろ！」

「ひえっ！　……つうか、思い違いって何？」

「本当に馬鹿だなおまえは。愛宕山での修行をもっと厳しくしてもらわにゃならんか」

次郎坊はこれ見よがしに深いため息を吐いた。

「相手の思いを知るしかないと、自分で言っていただろう。おまえはどこまで知っている？　何を知っている？」

「何って……」

「両の目をしかと開いて周りを見てみなさい。おまえの日には、何が見える」

次郎坊に問われ、瑠璃緒は眉をひそめながら仲間たちのほうを見た。

その場に立ち並ぶ天狗たちに瑠璃緒を冷やかな目で見ている者はいない。きっと以前からそうだったはずだ。彼らのまなざしに浮かぶものに気づけなかったのは瑠璃緒の臆病さのせいだ。自信の無さが壁となり、彼らの視線を正面から見つめることができなかったのだろう。

だがもう、さすがの瑠璃緒も気づけるはずだ。

「瑠璃緒、さっきのかっこよかったよ。ぼくなら絶対にできないね」

朗らかに笑う狗嵐の言葉に、黒燕が続く。

「自分のことも、止めてくれて感謝する。瑠璃緒の冷静に周囲を見られる姿勢を、むかしから尊敬している」

「瑠璃緒自身のこととなると周りが見えなくなるのは困りものだけどね」

「それは自分たちが補っていけばいい。頭領を支えるのも我らの役目」

そう言った黒燕を、狗嵐が「そうだね」と声を弾ませ肯定した。

「……おまえら、おれを邪魔に思って殺そうとしてたんじゃ」

状況を理解しきれていない瑠璃緒は、眉根を寄せたままで恐る恐る口を開く。

「ん、なんの話だ？」

「ねえそれ本気で思ってたんだね。ぼくお腹《なか》抱えて笑っちゃったんだけど。なんでそんな思考になるわけ？」

「待て……ならおまえらは、おれが頭領になってもいいって思ってんのかよ」

「そりゃそうでしょう、他に誰がいるの？　ぼくらはみぃんな、ずっと前から、瑠璃緒を支えるつもりしかないよ」

瑠璃緒はぽかんと口を開けていた。

その顔を見た次郎坊がふたたびため息を零す。

「瑠璃緒よ」

と、頭領の厳しさと父親の優しさとを織り交ぜた声音で、息子の名を呼んだ。

「戦乱の世であれば、黒燕のように力のある者や、狗嵐のように策に長《た》けた者が長《おさ》となるに相応しい。だが今の世には、瑠璃緒、おまえの弱さゆえの勇気と優しさこそが必要なのだ。他者を認め、手を取り合う。決して驕《おご》らず己の意思を押し付けない。そういった者が先頭に立ってこそ、皆をまとめ守っていける。まさに今、おまえが身をもってそう示したように」

求められるものはすでに持っていた。だからこそ誰もが認めていた。向き合おうとしなかった、たったひとりを除いては。

「おまえを理解していないのはおまえだけだ。他者の話を聞くのもいいが、たまには自身の心にも耳を傾けろ」

「おれの……」

瑠璃緒は俯き、右手を自分の胸に当てた。

束《つか》の間《ま》しんと静まった場に、弱々しい小さな声が響く。

「おれは、取り柄はねえし、皆に迷惑かけちまうことばっかりだけど……それでも皆を守れる頭領になりてえんだ。皆と一緒に、お山を守りてえ」

言葉にされる前から誰もが知っていた思いが、今ようやく言葉として届いた。

気持ちだけで何かを為せるわけではない。目標へ向かうためのはじめの一歩を踏み出すために、揺るがない思いが必要なのだ。

「だからそれを素直に全うしろと言っとるんだ、馬鹿息子め」

瑠璃緒は顔を上げ、周囲にいるひとたちへ目を向ける。やがて、真っ黒の瞳から見る見る涙を溢れさせ、零した。

それを合図としたかのように天狗たちが瑠璃緒へ駆け寄る。肩を組み、声を掛け、共に泣いて笑って。

彼らを見て、もう大丈夫だと、そう感じた。

この弱く優しい天狗は、仲間と支え合い故郷を守る、いい頭領になるはずだ。それがまだ遠い未来だとしても。いつか必ず来る未来だ。

比良の山に、新しい風が吹く。

＊

数日後の昼間。黄泉路横丁の燐の屋敷に瑠璃緒が訪ねて来た。

今度は助けを求めに来たわけではなく、先日の礼を言いに来たのだった。

「燐、弥琴さんも、迷惑かけて悪かったな」

「本当にな。悪役を演じるのは心が痛んだぞ」

「嘘吐け！　絶対に楽しんでいただろおまえ！」

瑠璃緒は、燐には地元の名産である和菓子を、弥琴には細長い木箱をそれぞれ詫《わ》びの品として渡した。

「瑠璃緒さん、これは？」

「開けてみな」

木箱を留めていた紐を解く。中には、美しいみどりの翡翠《ひすい》が飾られたかんざしが仕舞われていた。

「わあ、素敵なかんざし！」

「玉を狙って襲いに来たと聞いてな、うちの宝物はさすがにやれねえから、代わりに良質のものを選んできたんだ」

「宝物は本当に欲しかったわけじゃないですよ。それなのに、こんなものを戴いてもいいんですか？」

「結婚のお祝いも兼ねてるから、遠慮はいらねえぜ」

「……ありがとうございます。大事にします」

弥琴は嬉しくてぎゅっと木箱を抱えた。すっかり浮かれていたために、隣から向けられるじめっとした視線には気づくことはなかった。

「瑠璃緒……おまえ、夫の目の前でひとの妻に髪飾りを贈るとは……」

「いいじゃねえか別に。弥琴さんは燐と同じでおれの友達なんだ、こんくらいのことはするさ」

「もしも下心があったなら、おまえ、今晩の食卓に並ぶところだったぞ」

「怖ぇよ！　ねえから！」

瑠璃緒は軽やかに立ち上がる。燐に厳しいことを言われても表情は晴れやかで、どことなく頼もしさも出てきたような気がする。

「おれもう行くな。ちょっと抜け出して来ただけだから、すぐに戻らねえといけねえんだわ」

「瑠璃緒さん、愛宕山で修行を続けているんでしたっけ」

「ああ、まだまだ半人前だから、あと数年は続けろってさ。おれがしっかり頭領を務められるようになるまで跡目は譲らねえって」

「ふふ、次郎坊さんもまだまだお元気ですもんね」

「元気すぎるんだっつうの、あのクソ親父め」

じゃあまたな、と手を振って、瑠璃緒は横丁をあとにした。

弥琴は燐とふたり大門を抜ける瑠璃緒を見送る。賑やかな天狗が去ったあとには、心地いい静けさが辺りを満たす。

「わたしも、瑠璃緒さんみたいに変わりたいです」

屋敷のほうへと通りを歩きながら、弥琴は独りごとのようにそう呟いていた。

「変わる？」

「自分に自信を持ちたいって思ったんです。瑠璃緒さんみたいに背負うものや目標があるわけじゃないけど、もう少し、自分を誇れるようになれたらいいなって」

「……ああ、そうだな。弥琴は少し、自分を卑下しすぎるところがあるから」

燐がふっと笑う。

弥琴が顔を上げると、燐も目を合わせるように振り向いた。

「だが変わろうとするのは簡単なことではない。無理をせず、少しずつ自分の望むほうへと向かって行けばいい。それぞれに歩幅も歩く速さも違うのだから、誰と比べるでもなく、自分に合った速度で前に進めばいいんだ」

カランと燐の下駄が鳴る。ゆっくりと、横丁の石畳を蹴る音がする。

いつか、自分の望む自分になれたら、歩く速さを合わせてくれる優しいこのひとの隣を、自信を持って歩くことができるのだろうか。

そうなれる自信は、まだないけれど。

「はい、そうですね」

違う歩幅で、同じ速度で、静かな黄泉路横丁を歩く。見上げた空に、太陽は今日も穏やかに照る。

第四話
蛇神の恋

燐と弥琴の祝言を五日後に控えた夜。黄泉路横丁では、日が沈んだその瞬間から、前祝いという名の盛大な宴会がはじまっていた。

酒と料理がこれでもかと用意され、常日頃から賑やかな横丁は一層騒がしさを増している。式は五日も先だというのに、まさか五夜もこのような騒ぎを続ける気だろうか。その疑問を弥琴が誰にも問わなかったのは、誰に訊いても「そのとおり」という答え以外返って来ないだろうことが明白だったからである。

あやかしたちが楽しそうなのはいいことだから、喧嘩でもしない限りは好きにさせておこう。燐がそう言うので、弥琴もお祭り騒ぎをとくに気にすることもなく、通りの喧騒を遠くに聞きながら屋敷でのんびり過ごそうと思っていた。

が、横丁の住人たちがそれを許すはずもなく。弥琴は燐と共に通りへと引っ張り出され、あれよあれよとどんちゃん騒ぎに交ざることになった。

「さあさあ燐様、飲んで飲んで」

「とっくに飲んでいる。急《せ》かすな」

「奥方もどうぞ」

「じゃあ、あと一杯だけ……」

「無理するなよ弥琴」

「大丈夫です、お酒はそんなに弱くないので……仕事の合間にやけ酒を呷ることもよくありましたから」

「不安が増す情報だな」

敷かれたござに適当に座り、眩しいほど煌々と燃える提灯の下、あやかしたちに囲まれて晩酌を楽しむ。

弥琴は案外、このあやかしたちとの宴会を気に入っていた。社会に出てからは仕事に忙殺され、学生時代の友人たちとも疎遠になり、無理やり参加させられる会社の忘年会以外にはまず飲み会になど行くことはなかった。たとえ相手が人でなかろうと、こうして美味い酒を飲みながら笑う時間には、しみじみと感じ入るものがある。

（友達かあ）

弥琴はお猪口の酒をちびりと飲みながら、自分の人間関係について考えた。

思えば、社会人になってからのたった四年で、連絡を取り合う友人はひとりもいなくなってしまった。それはもちろん自分の責任だ。大学を卒業してからも変わらずくれていた誘いを忙しさを理由に断り続け、やがて連絡すらも疎《おろそ》かになった。そのせいで、ひとりふたりと友人が離れていったのだ。

仕方ないと割り切っているから後悔はしていない。ただ、結婚式をするとなっても呼べる友人がひとりもいないのは、少し寂しい気もしていた。

（まあ、友達がいたとしても黄泉路横丁での結婚式になんて呼べないんだけど）

今の弥琴に友人と呼べるのは天狗の瑠璃緒だけである。気のいい瑠璃緒と友人でいられるのを素直に嬉しく思いながら、できるなら同性の友人もつくりたいと弥琴は考えていた。

「それで、祝言の準備は任せていいとのことだったが、まともに進んでいるのか？」

燐が近くのあやかしに訊ねた。声をかけたあやかし以外にも、周囲の者たちが自信ありげに頷く。

「ええもちろん。各地から絶品の食材と酒を調達していますし、食器や飾りの支度も整えていますよ」

「へえ。思っていたよりもきちんと進めてくれていたんだな」

「そりゃそうですよ！　大切な燐様と奥方の祝言なんですから！」

その言葉に他のあやかしたちも同調する。

横丁の住人たちは燐のことが大好きだ。盛大な宴を開いてただ騒ぎたいという気持ちもあるだろうが、燐の祝い事を自分のことのように喜び祝福している気持ちも、紛れもない彼らの本心である。

「祝言など、人か狐しかしないことだろうに」

「奥方は人ですよ燐様。人は、こういった形というものを大事にしますからね」

「……形か」

そのとき、弥琴の横にひとりのあやかしがやって来た。小学生ほどの背丈の、ねずみとうさぎを足して割ったような外見をしたあやかしだ。お洒落が好きなのかいつも洒落た着物を纏《まと》っており、この度の祝言では自ら進んで弥琴の衣裳係を担っていた。

「燐様、奥方のお衣裳もそりゃもう素敵なんですよぅ」

とうさぎもどきは言う。

「そうらしいな。いい物を仕立ててくれたと聞いている」

「ええ、ええ、最高級の一品をご用意しておりまして」

ね、と問われ、弥琴は頷いた。

祝言の日に着る予定の着物はすでに衣裳合わせを済ませている。あやかしたちは弥琴に合わせ、白の正絹に純白の糸で梅が刺繡《ししゅう》された、それは立派な花嫁衣裳を仕立ててくれていた。

「とても綺麗で、わたしにはもったいないくらいのお着物でして」

「もったいないもんですか！　奥方を引き立てるものを選《よ》りすぐったんですから！」

「あ、へへ、ありがとうございます……」

「天女も嫉妬するほどなんですからね！」

それは言い過ぎにもほどがある。天女も失笑する、ならば正しいかもしれないが。

衣裳合わせのとき、鏡に映っていた自分は、まるで衣裳に着られているようにしか見えなかった。なんと美しいとはしゃぐあやかしたちの間で、弥琴は自分のちんちくりん具合に絶望していたのだ。しかし、

「奥方にとってもお似合いです！」

とあやかしたちが口を揃えて褒めてくれるから、弥琴は何も言えなかった。横丁のあやかしは弥琴に嘘を吐かない。つまり本気で弥琴に似合っていると思ってくれているのだ。そんな彼らに対し「どう見ても顔だけ浮いている」など、とてもじゃないが言えるはずがなかった。

「おれはまだ弥琴の花嫁姿を見ていないんだが」

弥琴がちまちまと酒を飲んでいる隣から、燐が衣裳係のあやかしを覗き込む。

「当たり前じゃないですか。燐様には当日までお見せしませんよぅ」

「楽しみは取っておけということか」

「そのとおりでございます」

「ふうん」

と呟きながら、燐が酒をくっと呷る。

「そうそう、楽しみといえば」

近くにいたあやかしが膝を叩き、思い出したように話し始めた。

「燐様が喜ぶかと思って、神酒は越前の薄水《うすみず》様に分けてもらうことにしたんですよ」

「ほう、薄水の。それは楽しみだな。あの兄妹のつくる酒は格別なんだ」

「ね、やっぱり！　でも薄水様のお酒はなかなか飲めないでしょう」

「そりゃあ、そうそう手に入るものではないからな」

「それが駄目で元々とお願いしてみたら、燐様の祝言のためならばと許可をいただいたんですよ。ここ最近で一番出来のいいものをご用意してくださるそうです。ご兄妹揃って祝いにも来てくださるとのことですよ」

会話に出てきた名の主を、弥琴は知らなかった。だからその酒がどれほどのものかもわからないが、文脈を読み取ると貴重な佳品のようだ。

弥琴の着物といい、あやかしたちは祝言に余程力を入れているらしい。それだけ楽しみに待ち侘《わ》びて心から祝ってくれているということだが。

(祝言、か)

弥琴自身もその日を心待ちにしている。人生でもう二度とないだろう、自分が主役になる日なのだ。過ぎた衣裳を着ながらも、やはり浮き立たずにはいられない。

けれど、心のどこかで常にもやもやと渦巻くものがあった。祝福されるほどにそのもやもやは質量を増し、胸の奥のざらついた部分を撫でていく。そのたびに前向きではない感情がじわりと生まれるのだ。

燐との結婚にいまさら後悔などなく、だからこの思いは不安や憂鬱とは違う。言ってみれば、気後れのようなものだ。自分は祝われるべき花嫁とは違うのだという、ほんの小さな罪悪感が心にあり、素直に喜ぶことに怯んでしまう。

(わたしは、燐さんの本当のお嫁さんじゃないから)

逃げ道として選んだ利益のための結婚。仮の妻としての生活。自分で決めたはずのことが、これほど自分を惑わすとは思っていなかった。

横丁のあやかしたちの喜ぶ姿を見るごとに……燐との日々を過ごすごとに、どうしようもない感情が重みを増していく。

「弥琴、どうかしたか?」

はっと顔を上げた。いつの間にか俯いてしまっていたようだ。

周囲のざわめきが耳に戻って来る。目の前では、顔を猿のように赤らめたあやかしたちが囃子に合わせて踊っている。

「いえ……少し酔ってきたのかもしれません」

「ならばそろそろ屋敷に戻ろうか。朝まで付き合わされるのも厄介だ。立てるか?」

「……はい、大丈夫です」

差し伸べられた手に、手を重ねて立ち上がる。燐は弥琴の手を握ると、そのまま離すことなく歩きだした。

(燐さんには、言えないな)

ひと回り大きな手を指先で握り返しながら、弥琴は心の中で呟いた。こんな思いを抱いているなど、燐にさえ……いや、燐にこそ、言えるはずがなかった。

＊

翌日。横丁が静寂に包まれた真昼間に、燐の屋敷に訪問者がやって来た。

住居のほうを訪ねて来たその訪問者を出迎えたのは弥琴だ。帳場にいた燐をタロとジロに呼びに行ってもらい、その間にひとりで客を招いたのだった。

「失礼いたします。わたし、伊勢《いせ》と申します」

玄関の戸を開けると、美しい女性が立っていた。

弥琴よりもいくらか背が低く、真っ白な長髪と鮮やかな赤い瞳に目を惹《ひ》かれる。陶器のような肌にはところどころ白の鱗が付いており、人ならざるものであるとひと目でわかる神秘的な容姿をしていた。

「もしかして、あなたが燐さんの奥様の？」

「あ、はい。弥琴です、はじめまして」

「はじめまして。お噂はかねがね伺っております」

美貌は冷たさすら感じるほどだが、その反面、彼女の浮かべる表情や話し方は柔らかく、親しみやすさがあった。

弥琴はやや緊張しながら伊勢と名乗った女性を客間へ案内した。茶菓子を用意してもまだ燐は帳場から戻って来ておらず、弥琴は緊張が解けないまま下座に腰を下ろす。

「すみません、夫は今帳場で仕事をしていて、もうすぐ来ると思うのですが」

伊勢は長い髪をさらさらと揺らしながら首を横に振った。

「構いません。連絡もなしに来てしまったのはこちらのほうですから。お忙しいところ申し訳ございません」

「や、いえいえ！　こちらこそお構いなく」

花がほころぶように微笑む伊勢に、弥琴は思わずどきりとした。

（不思議なひとだ……）

人間離れした美しさなら燐で見慣れているはずだ。しかし伊勢には気圧《けお》されながらも魅入られる。弥琴がこれまで出会ってきたあやかしとは——もちろん燐とも、どこか違う。

（……でも、なんだろう、このひとの纏うものを知っているような気が）

燐とも他のあやかしとも異なる……伊勢が放つこの空気感に似ているものはなんだろう。考えてみて気づいた。そうだ、タロとジロから感じるものに近いのだ。

「こちら、先にお渡ししておきますね。うちでつくったお酒です」

ぼうっとしていたところに声をかけられ、弥琴は慌てて手を伸ばした。

伊勢から差し出されたのは、臙脂色《えんじいろ》の風呂敷包みだった。

「あ、ありがとうございます。戴きます」

「弥琴さんは、お酒は飲まれますか？」

「はい。毎日じゃないですけど、夜に時々。だからお酒を戴けるのは嬉しいです」

「そう、ならよかったです。今年のものは出来がいいので気に入っていただけると思いますから、燐さんとおふたりでどうぞ」

朗らかな笑顔に釣られ、弥琴もだらしない笑みを浮かべる。伊勢の独特の雰囲気にはどうも落ち着かないが、それはそうと彼女の柔和な態度は好感が持てた。

「あの、伊勢さんは、燐さ……燐のお知り合い、ですか？」

訊ねると、伊勢はこくりと頷いた。

「わたしの兄が燐さんと古くから懇意にしておりまして。兄と共に祝言の前日からお邪魔する予定だったのですが、何かお手伝いできることもあるかと思い、わたしだけ早めに伺わせていただいたのです」

「そうなんですか……わざわざありがとうございます」

客として招待していたのであろうひとに準備を手伝わせるのは忍びない。ひとまず気持ちだけ受け取っておこうと弥琴は頭を下げた。

そのとき、タロとジロと共に客間に燐がやって来た。

燐は伊勢に目を遣ると、少し意外そうな顔をした。

「なんだ、客とは伊勢のことだったか」

「ご無沙汰しております。お忙しいときにすみません」

「いや、構わないが、おまえがひとりでうちへ来るなど珍しいな」

燐が机を挟んで伊勢の向かいへ腰を下ろす。その隣へタロがお座りをし、ジロは弥琴のそばで伏せた。

「兄貴はどうした？　一緒に来るものだと思っていたが」

「兄は、後日お邪魔いたします」

「ふうん」と、燐はほんのわずか口角を上げながら呟いた。

タロを撫でながら弥琴へ目を向ける。

「ちょうど昨夜話していたろ、神酒を頼んでいるという話」

「あ、はい。確か、薄水さんという方にお願いしているんでしたっけ」

「伊勢はその薄水の妹でな。兄妹で山の神として祀《まつ》られ、長い間棲み処にしている土地を守護しているんだ」

「へえ、そうだったんですか」

確か彼らがつくる酒は燐が気に入るほど美味で稀少《きしょう》なのだとか。ならば先ほどもらった手土産は大変貴重なものなのだろう。大事に頂かなければいけない。

と考えたところで、弥琴はふいに、燐の口から放たれたとんでもない言葉に気がついた。

「え……神？」

山の神、と言ったように聞こえた。聞き間違いではないだろう。

思えば、神酒を譲ってもらおうという相手なのだから、当然あやかしではないに決まっている。神酒は神のための酒。今回の場合は、神のつくった酒、であるが。

（なんてこった……伊勢さんは神様だったのか！）

なるほど道理で他のあやかしと違う――神社の元狛犬であるタロとジロに似た、神聖な気配を纏っているわけだ。

「頭が高くて、すっすみません！」

弥琴は即座に座布団から後退《あとずさ》り、畳に額がつくほど頭を下げた。神を前にしたとき人間がどんな態度を取るべきなのかわからず、とりあえず平伏《ひれふ》すしかなかった。

「み、弥琴さん、そんなに畏《かしこ》まらないでください。どうかお顔を上げて」

やや焦ったような声色で伊勢が言うが、弥琴はなおも畳に額を擦りつける。

「いえ、でも、ひぇえ」

「神と言っても、わたしたち兄妹は大したものではないのです。兄もわたしも元はあやかしですから。燐さんや横丁の方々と同じ。この肌の鱗のとおり、我々は白蛇の化身なのです」

「し、白蛇？　元は、あやかし……」

弥琴が恐る恐る顔を上げると、伊勢はほっとしたように切れ長の目を細め、優しい表情で頷いた。

「棲み処である山を守っていたら、麓に住む人々に祠《ほこら》を建てられ崇《あが》められるようになってしまって、やがて神格を得るようになりました。なので兄もわたしもいまだに友というとあやかしばかり。弥琴さんとも仲良くなれたらと思っていますし、気兼ねなく接してくださると嬉しいです」

弥琴は伊勢を見上げながら、声にならない返事を吐いた。自分があほ面を浮かべているだろうことは気づいていたが、惚《ほう》けずにはいられなかった。

（伊勢さん……優しい……）

まだ人の世界で生きていたときのことを思い出す。多くの人間と大なり小なりかかわりを持って生活していたが、こんな天女のような人は弥琴の身近にはいなかった。

もしも伊勢のような人間の友人がそばにいたならば、あれほど腐ることなく、社会でうまくやっていけたかもしれない。などと、詮ないことを考えてしまう。

「ね、弥琴さん。だからどうかわたしにも、あなたが他のあやかしの皆さんにするのと同じように話してください」

「は、はい……わかりました」

「さあ、手など突かずに戻って」

弥琴はおずおずと座布団に座り直した。そっと触れてみた頬は、伊勢の優しさに当てられたせいか、ほんのり熱くなっていた。

（恥ずかしい……初恋を奪われた男子中学生みたいだな、わたし……）

ちらりと横を見ると燐と目が合う。半目でじとりと見つめる視線に、弥琴は思わず「うっ」と唸った。

「燐さん……そんな目で見ないでくださいよ」

「そんな目とはなんだ」

「なんか、呆れているみたいな」

「呆れてなどいない。おまえこそ、おれ以外の者にそんな顔をして」

「なんですか、わたしが間抜けな顔なのは今に始まったことじゃないでしょう。あ、そうだ、伊勢さんからお酒を戴いたんですよ」

もらった手土産を差し出すと、燐はやや不機嫌な顔をしながらも受け取った。解かれた風呂敷の中には一升サイズの徳利《とっくり》が入っており、蓋を開けると酒の芳しい香りがほのかに漂った。

「祝言のための神酒か」

「いいえ、それは兄が後日持って来ることになっていますから、こちらのお酒は好きなように飲んでくださって構いません」

「そうか。ありがたく戴こう。ところで」

表情をいつもの涼しげな様子に戻し、燐は伊勢に向き直る。

「このところ会っていなかったが、薄水は息災か？」

「ええ、相変わらずで。燐さんの祝言を楽しみにしておりますよ」

「おまえが先にひとりで来たのには理由が？」

「祝言のお手伝いができればと考えまして。わたしだけ少し早くお邪魔させていただきました。ご迷惑でしたか？」

「迷惑なことはないが」

燐は一度言葉を切った。瞳孔を細くし、何やら窺うように伊勢をじっと見つめる。対する伊勢は、微笑みを湛えたまま燐の視線を受け止めていた。

「もしや、また薄水と喧嘩でもして家を飛び出して来たのか」

伊勢の表情が固まったのが弥琴にもわかった。

伊勢は目元も口元もぴくりとも動かさず、しかし見る見るうちに顔色を真っ赤に染めていく。

「図星か」

返事はなかった。首まで赤くして俯く様子が返事の代わりとなっていた。

(伊勢さん、なんというお顔を……)

上品で綺麗なひとという印象だった伊勢の思わぬ表情に、弥琴は丸くした目を瞬かせる。

(お兄さんと喧嘩して家出って、思ったよりも普通のひとだ……)

肩を縮こまらせて顔を伏せる姿は、畏怖すべき神のイメージとは程遠く、親近感すら湧いて来る。

可愛らしいひとだと弥琴は思った。なんだか、仲良くなれそうな気がする。

「まあいい。別におまえたちの兄妹喧嘩に口を挟むつもりはない」

「うっ……す、すみません。でもお手伝いをしたいというのは本当でして……」

「二、三日もしたら薄水もやって来る。何が理由で喧嘩したのかは知らんが、薄水が来るまでに頭を冷やし、きちんと話ができるようにしておけよ」

「はいぃ……」

体を萎《しぼ》ませる伊勢を横目に燐は立ち上がる。

「すまんが、やることがあるからおれは帳場に戻る。弥琴、伊勢のことを頼めるか？」

「あ、はい、わかりました」

「伊勢、手伝いたいという気持ちはありがたく受け取ろう。どうかゆるりと過ごせよ」

そう言い、燐は部屋を出て行った。

ふたたびふたりだけになった客間に静かな空気が流れる。

伊勢はばつが悪いのか、乱れてもいない髪を何度も手櫛《ぐし》で梳《す》いていた。その様子に弥琴はつい笑ってしまう。

「伊勢さん、しばらく横丁へ滞在するなら、うちに泊まっていきますか？」

声をかけると、伊勢ははっとした様子で顔を上げた。まだ頬はやや赤く、色の変わらない鱗が目立った。

「いえ、そこまでご迷惑をおかけするつもりはありません！　横丁へ来るたびに使っている宿がありますので、今回もそちらに泊まろうと思っています」

「でしたら今から一緒にそちらに行きましょうか。わたしも横丁のひとたちに祝言で出す料理の確認のために呼ばれているので」

「はい……じゃあ、ぜひ」

伊勢が眉と目尻を下げる。緊張の解けたその表情に、弥琴もつい頰が緩んだ。

「祝言は屋敷ではなく、この通りで行うんですよ」

伊勢と共に屋敷の門を出た弥琴は、真っ直ぐに伸びる石畳の先を指さした。

「空の下でとは、粋で素敵ですね」

「まあ、屋敷の中には入りきらないからって理由なんですけどね」

祝言には横丁の外に棲んでいるあやかしにも多く声をかけている。だが人間の結婚式のように招待客を厳格に管理しているわけではなく、一体どれほどの数が集まるのかは当日にならないとわからない。そのため、何人集まったとしても全員が等しく楽しみ参加できるよう、横丁全体を祝言の会場とすることにしていた。

通りの端から端まで敷物を敷き、酒と料理を並べ、祭りのように出店を出し、そこかしこで自由に騒ぎ歌い踊る。当日はそんな式になるという。

「楽しみですね。わたし、長く生きていますけれど、誰かの祝言に呼ばれることなど初めてで」

風呂敷に包んだ荷物を胸に抱き寄せ、伊勢は声を弾ませた。

目的の宿までゆっくりと歩きながら、弥琴は伊勢の話にうんうんと頷く。

「わたしも子どもの頃に親戚の結婚式に参加したことがあるくらいで、ほとんど初めてみたいなものです。友人に招待されても仕事を休めなくて断っていたから」

「あ、そっか。弥琴さんは燐さんに嫁ぐまでは、人の世で生きていたんですよね」

「ええ。わたしは普通の人間ですからね。最初はあやかしの世界に入ることに抵抗がありましたけど、いざお嫁に来てみると、あやかしたちは親しみやすくて、中身も人とそんなに変わらなくて」

弥琴をあやかしではない——つまり人であると認識しながらも、人としての弥琴を受け入れてくれる。これまで出会ってきたあやかしたちは、誰もが弥琴を弥琴として見て、接してくれた。

黄泉路横丁へ来てからの弥琴は、その他大勢の中のひとりでしかなかった人間の社会で暮らしていたときよりも、人間らしく生きられている気がしている。

「わたしはどうですか？　わたしは人と違いますか？」

ふいに伊勢が問いかけた。振り向くと、赤い瞳がこちらを見ていた。

首を傾げる弥琴に、伊勢は「なんとなく訊いてみただけです」と慌てた様子で取り繕う。だが、なんとはなしに口にしたような視線には見えなかった。弥琴は顔を上げ少し考える。

伊勢がどんな思いで問うたのかも、どんな答えを望んでいるのかもわからない。だから、自分の考えを正直に話すことにした。

「はじめは違うように思っていました。神様って知る前から、雰囲気からして神々しさがありましたので。でもちょっと話してみると、神様である伊勢さんもわたしとそんなに変わらないなって。今はもう話をしていても緊張しませんし。あっ、気分を悪くされたらすみません！　悪口のつもりじゃないんですけど……」

ちらりと見ると、伊勢は笑みを浮かべながら首を横に振っていた。弥琴はほっとしつつ話を続ける。

「早めに横丁に来た本当の理由とかも、つい可愛いと思ってしまいました。なんだか人間味があって親近感が湧きますね」

「それは、恥ずかしいので忘れていただきたいのですが……」

「ふふ、お兄さんと喧嘩しちゃったんですか？」

伊勢はまたも頬を赤らめ目を伏せた。

「実は」と、消え入りそうな声で返事が戻ってくる。

「喧嘩と言いますか、わたしが一方的に話を聞かずに癇癪《かんしゃく》を起こしてしまったようなものでして」

「癇癪、ですか」

「兄が正しいことを言っているのはわかっているのですが、頭で理解していても、感情では否定してしまって。わたしが幼稚で浅はかなのも重々承知しているのです。それでも……」

伊勢の俯いた目は足元を見ているはずなのに、次に踏み出す場所に迷っているかのように進む足が鈍る。

弥琴も伊勢に合わせて歩を緩めた。ふたりの頼りない下駄の音が、静かな昼の横丁に響く。

「わかりますよ。正論だからって受け入れられるわけじゃないですし、それで納得できるなら苦労しないですよね。自分の気持ちを、正しいかそうじゃないかでコントロールできるわけないんですから」

伊勢が顔を上げた。弥琴はへらっと眉を下げる。

「わたしもしょっちゅうありました。学生の頃もだし、社会に出てからも。いや、社会に出てからは正論よりも理不尽なことを言われるほうが多かったかな……どっちにしろウルセェ〜って思ってましたよ。思うだけで口にはできませんでしたけど」

嫌な記憶をいくつも思い出してしまいげんなりする。忘れたいことばかりいつまで経っても覚えているのはなぜなのだろう。それらすべてが今や思い出の中の出来事であると思えば、多少心が穏やかになるが。

――ふふっと小さな声が聞こえる。

見ると、伊勢が口元を押さえて笑っていた。

「弥琴さんって、どこかわたしと似ている気がします」

そう口にしてすぐ、伊勢ははっとした様子で右手を振る。

「あ、すみません。こんなことを言ってしまって。弥琴さんに失礼ですよね」

「いえ……全然、そんなことないです」

「本当ですか？　嫌な気持ちになっていませんか？」

「ええ。伊勢さんみたいな素敵な方から似ていると言ってもらえるなんて、むしろ恐れ多いくらいですよ」

「ふふ、やめてください、畏まらなくてもいいと言ったじゃないですか」

伊勢は花が開くように表情を明るくし、はにかみながらも弾んだ一歩を踏み出す。

「なんだかわたし、弥琴さんと仲良しになれそうな気がします」

わたしもそう思っていました、と弥琴は笑った。

＊

「奥方、こちらもどうですか？」

着たばかりの青地の打掛を脱がされ、次は萌黄色《もえぎいろ》の打掛を着せられる。どちらがお好みですかと訊かれたが、比べて判断できるほど頭が働かない。

(あと何着あるんだろう……)

衣裳係からの突然の呼び出しに応じてから数時間。この間に一体何着の着物を纏ったか、弥琴はもう自分でもわからなくなっていた。確か青の前に紺、その前に桃色、その前に緑の打掛を着たことまでは覚えている。それ以前は……思い出すだけで疲れてしまう。

「ふむふむ、なるほど。そのお顔はお気に召さなかった顔ですね。よし、次のやつ持って来てちょうだい!」

「あ、いえ、あの、もうこれでいいです」

「妥協は駄目ですよ、奥方!」

弥琴の小さな悲鳴は張り切ったあやかしたちには届かない。着物を剝ぎ取られ肌着姿になった自分を鏡に見ながら、弥琴は深いため息を吐いた。

祝言まで、あと二日。

準備は滞りなく進み、夜は連日前祝いが行われ、主役である燐と弥琴の支度もほとんど問題なく完了していた。

そんなとき、ひとりのあやかしが『お色直し』という存在の情報をどこからか仕入れてしまった。それを聞いた横丁のあやかしたちは大いに慌てた。結婚式で着替える文化など知らなかったから、一着の白無垢《しろむく》しか用意していなかったのである。

彼らは大急ぎでお色直しの計画を始めた。今から仕立てるのは間に合わないだろう。ならばせめて既成のものから弥琴に一等合うものを選ぼう。

という成り行きにより、本番当日が差し迫った今日、衣裳係のあやかしの家に呼び出された弥琴は、用意されたいくつもの打掛を着せ替え人形のように代わる代わる着させられているのである。

一体どんな手を使って集めたのか、広い和室には数十着の鮮やかな着物が並べられていた。どれも華やかで上等な品ばかりだ。ただでさえ目移りしてしまうこの中から、体力と思考力を奪われている状態で一着選べというのは無理がある。

「もういっそのこと、全部着るというのはどうだろう」

一体のあやかしが無邪気に悪魔のような提案をする。弥琴の絶望に気づかない他の者たちはやれ名案だと囃《はや》し立てる。これを冗談ではなく本気で言っているところが、あやかしの恐ろしいところであった。

(本当に全部着ることになったら倒れてしまう!)

考えただけで倒れそうになりながら、彼らを止めようと口を開いた。

が、弥琴が必死な訴えを叫ぶより先に、穏やかな声がその場に通る。

「弥琴さんには、あの赤の着物が似合っていると思います」

衣裳選びを静かに見学していた伊勢が、衣紋掛《えもんか》けに吊るされた、一着の赤地の打掛を指さした。

菊が描かれたその着物は五番目あたりに着たものだ。弥琴もひと目見て素敵だと思ったが、すでに着替え疲れていたため、どうかと問うあやかしに適当な返事をしてしまっていたのだった。

「いくつか見させていただきましたが、どれと比べても、やはりあちらが一番かと」

「ほうほう、確かにこちらの打掛は奥方によく合っておった」

「奥方の可愛らしいお顔立ちにも映えるし、燐様の御髪《おぐし》とも合う色だ」

「何より伊勢様がおっしゃるのであれば間違いない！」

あやかしたちは赤い打掛を囲み頷きあう。そして揃って弥琴を振り返り、期待に満ちた目で主役の答えを待った。

「……わたしも、この赤が一番気に入りました。これにしましょう」

片づけは任せてくれと言われたので、言われたとおり任せることにし、邪魔にならない部屋の隅でひと息つくことにした。

「よっこらぁ、しょっと」

年寄りのような重たい仕草で伊勢の隣に腰を下ろす。

体を捻《ひね》るとそこかしこから音が鳴った。マネキンになっていただけだというのにこの体たらくだ。自分の体力のなさに悲しくなる。

「お疲れ様です、弥琴さん」

「いや本当に疲れちゃった……あ、伊勢さん、さっきはありがとうございました」

伊勢が発言していなかったら、お色直しを二十回はしなければいけなくなっていたかもしれない。横丁のあやかしたちはしばしば弥琴の話を聞かず、また弥琴も彼らの純粋な善意にはあまり強く言えないところがあるのだ。

「いえ、結局あれに決まってしまいましたが、弥琴さんはよかったのですか？」

「もちろんです。あの着物を気に入ったというのは本当ですから」

「わたしが一番弥琴さんに似合っていたと思ったのも本当ですよ」

伊勢が小首を傾げながら微笑むから、弥琴はだらしなく顔を緩ませてしまう。

この数日間で伊勢とはすっかり仲良くなった。山の神という尊い存在でありながら、伊勢は物腰が柔らかく常に謙虚で親しみやすい。弥琴は伊勢のことが大好きだった。まだ友人と呼べる自信はないが、いつかそうなれたらいいと密《ひそ》かに思っていた。

「ますます楽しみになりますね」

伊勢が言う。その目は、他の着物とは別に置かれた、赤い打掛に向いている。

「二日後ですよね、もうすぐですね」

「うぅん、まだ全然実感ないんですけど」

「ふふ、きっと当日になれば、この日が来た、と感じますよ」

「そういうものですかねえ」

特別な日に着るための豪華な色打掛。そして弥琴のためにつくられた、もう一着の花嫁衣裳。二日後にはそれを纏い、燐との祝言を執り行う。言葉のみで交わされた燐との婚姻を、形として残し、皆に知らせ、祝うための式だ。

「それにしても、素敵な着物ばかりですね。弥琴さんが迷ってしまうのも納得です」

伊勢の視線がぐるりと部屋を見渡した。あやかしたちが忙《せわ》しなく動き続けている畳の上には、片づけ途中の着物があちらこちらに散らばっている。ハレの日のための華やかな衣裳は、色とりどりで美しく、それぞれに個性がある。

「そうですね、自分には何が似合うかわからないので迷いますけど、伊勢さんに合いそうなものならすぐに見つけられますよ」

「まあ、わたしにですか？」

「あの薄い水色なんていいんじゃないかな。伊勢さんには絶対にパステルカラーが合うと思うんです。ほら」

「ぱすて？」

弥琴は水色の打掛を引き寄せ伊勢の身に当ててみた。思ったとおり、淡い色合いと上品な扇の柄が、伊勢の白い髪と肌によく映えた。

鏡を指さすと、伊勢もそこに映る自分の姿を確認する。ほうっと息を吐きながら鏡を見つめていた伊勢は、けれど急に、ほんの少しだけ表情を変えた。

「伊勢さん？」

弥琴が声をかけると、伊勢ははっとした様子で振り返る。

「は、はい、なんでしょう」

「いえ、何か暗い顔をされたような気がしたので。もしかしてわたしの見立て、おかしかったでしょうか」

「とんでもない。とても素敵な着物だと思います。ただ……」

伊勢は着物を膝に置き、わずかに悩んだのち、おもむろに口を開く。

「少しだけ、羨ましく思って」

「羨ましい？」

「こうして綺麗な花嫁衣裳を纏い、好いた相手と、一緒になれるのが」

細い指で刺繡をなぞりながら、伊勢は一度唇を嚙んだ。周囲を窺い、あやかしたちがこちらに関心を持っていないのを確認してから「実は」と呟く。

「わたし、好いた殿方がいるんです」

頰を染め恥じらいながらも、伊勢ははっきりとそう言った。

「……好きなひと、ですか？」

「はい。突然こんな話をしてしまってすみません」

「いや、驚きはしましたけど……」

神話の中での神々も泥沼の愛憎劇を繰り広げているのだから、伊勢だって恋くらいはするだろう。

伊勢の恋の相手はどんなひとだろうと想像してみた。あやかしの仲間だろうか。それともやはり立派で名高い神様だろうか。どちらにしても伊勢が惹かれるくらいだから、魅力に溢れた素敵なひとなのだろう。

「ええ、とても誠実で、優しい方です」

そう答えた伊勢の表情は、しかしどこか陰っていた。恋しい相手を思い浮かべているようには見えない。

そのわけを問うと、伊勢は寂しげに俯いた。

「兄が、わたしと彼との関係を反対しているんです」

「反対？　ってことは、もしかして伊勢さんがお兄さんと喧嘩した理由って……」

伊勢がこくりと頷く。

「もう彼には会うなと言われ、思わず反発してしまいました」

「でも、伊勢さんがそんな悪い相手を選ぶとは思えないんですが」

「いいえ、兄が反対する理由はわかっているのです。そして、正しいのは兄だということも」

伊勢は一度深く呼吸をし、顔を上げ弥琴と目を合わせた。意を決した、と言うには、心許ない視線だった。

「人、なんです。わたしの好きな方は」

はっと息を零す。弥琴は間抜け面のまま、伊勢の赤い瞳を見つめていた。

人、と掠れた声で反復すると、伊勢は小さく頷いた。

「弥琴さんと同じ、あやかしでも神でもない、人です」

「……何か、特別な人、なのでしょうか。たとえばその、位の高い神職とか」

「いいえ。神に仕える仕事をしているわけでもなく、あやかしが見えているわけでもありません」

弥琴は「はあ」と気の抜けた返事をした。あまりにも意外で、驚くこともできなかった。

神が人に、恋をするなんて。

（そうか、あの質問の理由は、これだったんだ）

以前、伊勢に「自分は人と違うか」と問われたことがあった。そのときは伊勢の真意がわからなかったが、人に恋をしているのだと知り納得がいった。弥琴があやかしである燐との結婚を悩んだように、自分と相手とのどうしようもない違いを気にしていたのだろう。

(何がきっかけだったんだろう。人間を好きになるなんて)

弥琴の疑問を察したのか、伊勢は膝に置いた打掛に目を落とし、話し始める。

「初めて彼に会ったのは三年ほど前になります。わたしが暮らしている社は山の上にありまして、賑わっているわけではありませんが、しばしば人々が山を登りやって来てくれます」

神主が常駐しているわけではない、それほど大きくない社だ。それでも金運や商売繁盛にご利益があるとされ、ハイキングがてら訪れる人も多く、現代にあっても参拝者が絶えることはなかった。

伊勢の恋した男も、ただ神社に参拝に来ただけの普通の人間だった。

「社に着いたところで体調を崩し、彼はしばらく動けなくなってしまったのです。ちょうど他の参拝者もいなかったために、わたしはつい姿を現して介抱してしまいました。それ以降、彼は七日ごとに社に来てくれるようになり……わたしも彼とお話をしたくて、毎回姿を見せるようになりました」

短い逢瀬《おうせ》を少しずつ紡ぐうちに、相手に対する特別な感情に気づいてしまった。本来ならばあってはならない感情であり、そもそも会ってはならない相手だった。けれど、出会ってしまったことをなかったことにはできない。

自分の中にある思いを知りながら、毎週決まった曜日に会いに来る彼の前に姿を現し続けたのだと、伊勢はそう話してくれた。

「その人は伊勢さんが神様ってことを知っているんですか？」

弥琴の問いに、伊勢は少し悩んでから首を縦に振る。

「はっきりと言ったことも問われたこともありませんが、初めからこの姿のままで前に出てしまっていますから、わたしが人でないことは承知でしょう。社が白蛇を祀っていることも周知されていますので、正体についても勘づいているかもしれません」

「そのうえで、お相手の方は伊勢さんに会いに来ているんですよね」

「ええ、だから、嫌われてはいない、はず……」

語尾を萎ませ、言葉とは裏腹に自信なげに伊勢は呟く。

(伊勢さん、本当に恋をしているんだなあ)

弥琴は相手の男を知らないが、おそらく伊勢と同じ気持ちであるのだろうと推測できる。もしもただの興味本位であるのなら、三年もの間、たったひとりで伊勢に会いに来続けるはずがない。

彼は、人ではない伊勢の存在を誰にも話さず秘密にしたまま、ただ伊勢に会いたくて、会いに来ているのだ。

「けれどわかっています。人に恋をしたところで叶《かな》うはずないと。輿入《こしい》れなどもってのほか。兄は、わたしがこれ以上深入りして傷つくことがないようにと思ってくれているのです」

伊勢は緩く首を振った。何かを振り払うような仕草だった。

人同士であれば……人でない者同士であれば、きっと自由に恋ができ、永遠に縁を結び続ける約束だってできるのに。心が通じても、同じではないから、未来を望むことができない。

「だから彼にもう来ないでと言おうと何度も思いました。それでも彼に会い、楽しいお喋りをして過ごすと、どうしてもまた会いたくなってしまって」

「伊勢さん……」

「これで終わりにしたくないと思ってしまうんです。見苦しく欲深いと知りながら、離れることができなくて」

見苦しくなどない。それは心を持つ者であれば当然に抱く気持ちなのだから。

けれど、そう言ってあげることができなかった。大丈夫だと前向きな言葉をかけたいのに、口にする勇気を持てない。

本当は、たとえ無責任であっても、強く背中を押してあげたいけれど。

「弥琴」

ふいに名前を呼ばれた。振り返ると、いつの間にやって来たのか、部屋の入口に燐が立っていた。

「燐さん、どうしたんですか」

「なかなか帰って来ないから迎えに来たんだ」

「すみません、さっき終わったところなんです」

「随分長くかかったんだな」

燐は目を細め室内を見遣る。片づけは順調に進んでおり、脱ぎ捨てられていた着物の大半は整頓されている。

「これはまた、えらく用意したものだな。時間もかかるはずだ。それで、着るものは決まったのか？」

「はい、あの赤い打掛を。伊勢さんがこれがいいと言ってくれまして」

「あれか。いいな、弥琴によく似合いそうだ」

選んだ打掛を眺め、燐が頷く。

「奥方、あとは我々に任せて、燐様とお戻りくださいな」

ひとりのあやかしにそう言われ、弥琴は礼を言いながら立ち上がった。

ちらりと伊勢を見ると、先ほどまでとは違う、朗らかな顔で微笑んでいた。

「わたしはせっかくなので、お片づけを手伝っていきますね。もう少し綺麗な着物を見ていたいですし」

「そう、ですか。じゃあまた、夜にでも」

伊勢とあやかしたちにそれぞれ頭を下げ、弥琴は燐と共に建物を出た。

日暮れにはまだ早く横丁は静かだ。しかし祝言前日となる明日は、あやかしたちも昼から外に出て、飾りつけや屋台の支度などをする予定となっている。

今夜からしばらくは賑わいが絶えないだろう通りを並んで歩いた。最近、燐は一緒に出かけるときに手を繋ぐようになった。ほんの少しだけ冷たい手を、弥琴はそっと握り返す。

衣裳選びが大変だったことを話したかった。けれど伊勢のことばかり頭に浮かんでしまい、何も言えないまま石畳を見つめていた。

「伊勢と薄水の喧嘩の理由、思っていたよりも厄介だったな」

唐突に燐が口を開いた。弥琴は顔を上げる。

「燐さん、聞いていたんですか」

「すまないな。聞くつもりはなかったんだが」

「……あの、燐さん」

澄ました横顔に問う。

どうして伊勢と人との恋が、許されないものなのだろうと。

「わたしと燐さんだって人とあやかしだけれど、こうして結婚しています。伊勢さんのお兄さんは祝言に来てくださるんだから、わたしたちのことは否定していないはずですよね。ならどうして、伊勢さんのことは反対するんでしょう」

異種との結びつきが可能であることは自分たちが証明していた。結婚相談所の狐塚も、人とあやかしとの違いなど人種の差と似たようなものだと言っていたし——それについては素直に頷けないところもあるが——他のあやかしも弥琴のことをすんなり受け入れているのだ、人とあやかしとの婚姻が禁忌というわけではないのだろう。

もしかしたら、伊勢は弥琴と燐との婚姻に、羨望と共にほんのわずかな希望を見出《みいだ》していたのかもしれない。人と人でないものとの縁が確かに結ばれ祝福されるのをその目に見て、自身の恋に重ねていたのだとしたら。

そうだとしたら尚更《なおさら》、大丈夫だと言ってあげなければいけなかった。

「伊勢の恋が、絶対に報われることはない、とは言えない」

燐はそう答え、だが、と続ける。

「曲がりなりにも伊勢は神。あやかしであるおれが人と婚姻を結ぶのとはわけが違う」

弥琴を見ずに燐は言った。

弥琴は返事をすることができず、かすかに息を吐いた。

そうだ。伊勢は人でもなければあやかしでもない。心を持ち、対話ができ、笑うことも落ち込むこともあるけれど、人とはまるで異なった理の中に存在している。弥琴にとって異質であるあやかしたちともまた違う、本当なら弥琴には、姿を拝むことすらできない存在であるのだ。

気兼ねなく接してほしいと言った伊勢の言葉が頭をよぎった。神として扱われることを望んでいなくても、神である事実は変えられるものではない。

「あやかしと人とは古くから同じ地に生きていた。だが神と人はそうではない。神である伊勢が人の世で生きるのも、また肉体を持ったただの人が神域で生きるのも容易なことではないんだ」

「……わたしがこの黄泉路横丁で生きることとは違うんですか」

「神隠し、というだろう。あれは人が、神やあやかしによって人の世とは離れた領域に連れて行かれることを言う。入ったのがあやかしの領域であれば、まだ帰ることができる。だが、神の領域に踏み入れれば、もうその者は人ではいられなくなる」

狛犬であったタロとジロ、そして神である伊勢からは、あやかしとは違う気配を感じる。そばにいるだけで空気が澄み、心が穏やかになる気配だ。神力、と燐は言っていた。その神の力は、わずかであれば薬に、けれど過剰に取り入れれば人の身には毒となるのだろう。

「神の領域へと立ち入った人間は、人としての身も自我をも失い、もう元には戻れなくなる」

淡々とした声が通りに響く。

「薄水がふたりの関係を許さないのは、未来を真剣に考えればこそのことだ。そして伊勢自身もそれに気づいている。だから咄嗟に反発はしても、心のどこかではもう諦めているのだろうよ」

知らず視線が落ちていた。綺麗に敷かれた石畳と、頼りない足取りの自分の爪先が見えていた。

応援したいという思いだけでは現実は変えられない。当人が長い間悩み続けてきたであろうことを簡単に解決できる力など、自分にないことはわかっていた。

「それでも」

と、燐が続ける。

「おれは、互いが思い合い、共に生きたいと願っているのなら、無理に別れる必要はないと思っている」

「……え？」

弥琴は足を止めてしまった。

一歩先で同じように立ち止まり、燐は振り返った。

「難しくても、そばにいる方法はどこかにはあるだろう。人とあやかしだからと……棲む世界が違うからと離れて生きることを選ぶ、その苦しみを知っている」

弥琴を見つめる燐の表情は涼やかだ。

しかしその視線の奥に、ほんのわずかな寂しさのようなものが湛えられていることに気がついた。

「燐さん……」

伊勢のことを否定せずにいてくれることが嬉しかった。

同時に、繋いだままの手と手が、急にずっと遠くにあるように思えた。

(燐さん、もしかして、伊勢さんと同じような理由で好きな人と離れ離れになったことがあったのかな)

弥琴は燐の過去を知らない。弥琴にとっては気が遠くなるほど遥かむかしから生きて来た燐の日々を……今その目に浮かぶ感情の理由を、弥琴は知らないのだ。

(人間と、叶わない恋をしたことがあったのかな)

多くのあやかしに慕われる魅力的なひとだ、過去に誰かが隣にいたとしても不思議ではない。そもそも弥琴でさえ恋人がいたことくらいはあるのだから、燐にそういう相手がいるのは当然とも言える。

出会う前のことを詮索する気はないし、咎《とが》める気もない。自分にはその権利すらないと思っている。ただ。

（そうか、だからわたしを選んだんだ）

燐が過去に人と恋をしていたとして、弥琴を妻に選んだ理由が人であるからだとしたら……かつて結ばれなかった相手を重ねていたのだとしたら。それは、ほんの少しだけ弥琴の心を重くした。

弥琴自身を見てくれていたわけではなかったのだ。燐は人である弥琴の身を通して違う誰かを見ていた。

思い出して寂しさを浮かべるほど、今も大切にしているのだろう人の姿を。

「…………」

繋いだ手を握り直して歩き出す。燐はいつも弥琴に歩く速度を合わせてくれる。触れ合いながら隣を歩いている。けれど、燐の存在が遠く感じた。

偽物の花嫁である自分には、この距離こそが正しいのかもしれなかった。

＊

祝言前日となる翌日は、日が昇っても横丁は賑やかなままだった。夜通し宴会をしていたはずのあやかしたちは、まるで今朝目が覚めたばかりであるかのように元気に通りを駆け回っている。

明日の準備のために誰もが大忙しだった。横丁の頭上にはいつもの赤提灯に加え白い提灯が下げられている。まだ火は点いていないが、これらすべてに灯《あか》りがともれば美しい光景となるだろう。

横丁の入口となる大門はすでに飾り付けが終えられていた。松や南天、榊《さかき》などで厳《いか》めしく装飾された巨大な門は、いつも以上に威風堂々と建ち、騒がしい横丁を見守っている。

そして大門から燐の屋敷まで伸びる石畳の通りの各所には、舞や演奏のための小さな舞台が設置された。一応演目は決めているそうだが、恐らくすぐに無法地帯となるだろうと燐は言っていた。

あやかしたちはせっせと準備を進めている。現在は手分けをしながら数十にもなる屋台を組み立てているところだ。どこからかいい匂いも漂ってくるから、料理の支度も始まっているのだろう。追々そこかしこにござが敷かれ、適当にテーブルが並べられる予定となっている。

あと一日で、燐と弥琴の祝言が始まる。

「弥琴さん、出来を確認してもらえますか」

伊勢の声に顔を上げた。割烹着《かっぽうぎ》姿の伊勢からは、濃い花の匂いが漂っていた。

微笑む伊勢の背後には壺《つぼ》に生けられた絢爛豪華《けんらんごうか》な花の束がふたつ並んでいる。芍薬《しゃくやく》やダリアを主役としたその作品は、まるで職人が拵《こしら》えたかのような見事な出来栄えとなっていた。

「わあ、綺麗！ 素晴らしいです、文句なしです！」

「ふふ、ありがとうございます。上手くいってほっとしました」

屋敷の門前に敷かれた赤い絨毯《じゅうたん》の上に、伊勢により生けられた花が飾られる。鮮麗な装花は場を一気に華やかにし、そして厳かな雰囲気へと変えた。

「すごい、結婚式の会場っぽくなりましたね！ 伊勢さんにお願いして正解でした」

「お役に立てて何よりです。弥琴さんのほうはどうですか？」

「わたしのは、なんか花瓶にただ入れているだけみたいな感じですけど」

伊勢が大作を作り上げている横で、弥琴はちまちまと小さな花器たちに花を挿す作業をしていた。菊がメインの小振りの装花は机上を彩るためのものだ。やや不恰好ではあるが、そもそもがあやかしたちによる手作りの式であるのだからこれくらいはご愛嬌、ということにしておこうと弥琴は自分を納得させる。

「可愛らしいですね。とても素敵だと思いますよ」

「そ、そうですかね。ありがとうございます」

「早く飾りたいですね。こういったものが目に入るだけで笑顔になりますから」

十数個の小さな花の束を並べてみた。まるで喜びを体現するかのように咲く、幸せな場所にこそ相応しい花だ。この愛らしさの溢れる花が飾られる場所には、本当なら、ほんの少しの迷いもあるべきではない。

「盛大ですねえ」

伊勢が日頃と様相を変えていく横丁を眺めながら呟いた。

弥琴も同じように通りを見遣る。今ふたりがいるこの屋敷の門の前からは、通りの様子がよく見える。

「皆、ずっと前から張り切っていましたからね。祝言と言うよりお祭りみたいなものですよ」

「賑やかなのはいいことです。皆が愉快に笑い同じ時を過ごし、祝福で彩る。それはとても幸せなことです」

「……そうですね。どうせなら、皆には楽しんでもらいたいですから」

この赤い絨毯は、式の主役——燐と弥琴が座るための場所だ。

明日、この場に燐と共に並び、夫婦としての誓いを交わす。すでにふたりだけで交わした約束を、もう一度皆の前で結ぶのだ。

祝言とは、列席した皆に誓ういわゆる人前式のようなものであり、ふたりの結婚を嬉しく思ってくれるひとたちへの報告とお礼も兼ねている。この式は、喜びと祝福と、そして未来への希望に満ち溢れていなければいけない。

「ねえ弥琴さん」

ふいと、伊勢が問う。

「生きる時が違っても、共に生き続けると、どうしたら誓うことができますか？」

弥琴は「え？」と声を上げ、伊勢に振り向いた。伊勢の視線もゆっくりと弥琴へ向けられる。

「変なことを訊いてごめんなさい。ただ、春貴《はるたか》さんを……人を好いて、考えるようになったのです。長い時を生きるわたしが、ほんの百年しか生きない人と共に生きる約束をすることがどういうことなのか。本当に幸せになれるのか」

伊勢の目は真っ直ぐに弥琴を見つめていたが、その瞳の奥は揺れていた。迷いがあるのか、自信がないのか。はたまたそのどちらもか。

「伊勢さんは、答えを出せたんですか？」

弥琴の問いに、伊勢は首を横に振る。

「なので、弥琴さんに訊いてみようと思ったのです。あやかしである燐さんと番った弥琴さんは、どうお考えなのかと」

「……」

弥琴は目を伏せた。下がった視界に、祝いのための小さな花が見えていた。

(生きる時が違う、か)

燐が、弥琴よりも遥かに長命なことは知っていた。少なくともすでに千年を生きており、これからもまだ何百と歳を重ねていくのだろう。弥琴は長く生きたとしてもせいぜいあと六、七十年。その間歳を取り続け、容姿が変わり、ずっと若くある燐とは今以上に釣り合わなくなっていく。

人である弥琴は燐と同じ時を生きられない。

それなのに、共に生きる約束をすることがどういうことか——人とあやかしが結婚することがどういうことなのか、頭を過《よぎ》らなかったわけではない。けれど。

「……わかりません。わたしも深く考えたことがなかったから」

弥琴は顔を上げ、周囲を見回した。通りには大勢のあやかしがいるが、皆それぞれの仕事に忙しく、ふたりの会話を聞いている者はいなかった。

弥琴は両の手をぎゅっと握り、一度唇を嚙んだ。

「実はわたし、燐さんの本当のお嫁さんじゃないんです」

伊勢が目を見開いた。

弥琴は少しずつ息を吐き出す。

「結婚したのは本当なんですけど、燐さんがあやかしのお嫁さんを見つけるまでっていう条件付きでの結婚なんです。燐さんは元々あやかしの中からお嫁さん探しをしていたし、わたしも生きるのに困って誰かに助けてもらうしかなくて。だからわたしたち、お互いに恋をしたわけじゃない、形だけの夫婦なんです」

単に辛い現実から逃れたいがために、弥琴は燐との結婚を選んだ。自分の力で現状を変えようとも思わず、目の前にぶら下げられた餌に食いついたにすぎない。

仮の花嫁という立場は、まるで免罪符のようだった。自分は繋ぎの存在でしかないから燐に迷惑はかけない、そう思い込もうとしていた。

「逃げ道としての結婚は後悔していないつもりでした。燐さんもわたしの婚活理由は知っていますし。でも、燐さんと一緒に過ごして、皆に祝ってもらうたびに、本当にこれでいいのかなって思うようになって」

自分で選び、自分で決めたことだ。後悔のしようもないはずだった。

それなのに今さら罪悪感を抱いたり、悩んだり、あまつさえ燐が過去に人と恋をしていたことにショックを受けるだなんて。

「馬鹿みたいですよね。どこまでいっても優柔不断というか自分勝手というか。結局本当は何をしたいのか、全然わからなくて」

この場所で自分はどうありたいのか、それすらわからないまま、いずれ来るだろう別れの日までのかりそめの日々を送っている。いつか燐が本当の結婚相手を見つけたときには、笑ってここから離れていかなければいけないと思いながら。

「なので、寿命とかは関係なく、燐さんと共に生き続けることがわたしにはそもそもできないんです。だからごめんなさい、伊勢さんの質問には答えられません」

「……弥琴さん」

黙って聞いていた伊勢が、何かを言おうと口を開く。

そのとき。

「伊勢」

と聞き慣れない声がして、弥琴は伊勢と一緒に顔を上げた。

目の前に美しい男が立っていた。腰元は女性のようにしなやかで細いが背丈はひょろりと高い。真っ白の髪に真っ白の着物、白磁のような肌にはところどころ白い鱗が生えていた。

「兄様」

と、その男に向かい伊勢が言った。

弥琴はとくに驚かなかった。その男――薄水が伊勢とそっくりの外見であり、言われなくとも伊勢の兄であると理解できたからだ。

「おまえ、なかなか帰って来ないと思えば、やはりここに世話になっていたか」

薄水は鮮やかな赤い瞳を細め伊勢を見下ろしている。

「まったく、童でもあるまいし、他所に迷惑をかけるんじゃない」

「迷惑などかけておりません。祝言のお手伝いをしていましたし、自分で宿も取っております」

「当たり前だ。よもや他者の家に上がり込みだらけてなどいようものなら、今すぐ首を引っ摑んで社へ連れ帰っているわ」

「兄様こそ、皆さんが吉事の支度をしているところへやって来て、早々小言を言うなど」

「安心しろ、おまえにしか言わん」

　吐き捨てるように言う薄水に、伊勢はむっと唇を尖らした。

　浮世離れした神の兄妹のらしからぬ口喧嘩に、弥琴はついつい呆気に取られてしまった。伊勢が兄と言い争い家出をしたと聞いたときは驚いたものだが、この様子からすると、確かにそれほどの喧嘩にも発展しそうではある。

「あ、あの」

　恐る恐る口を挟むと、伊勢がはっとして振り向いた。

「すみません弥琴さん、お見苦しいところを。えっと、わたしの兄の薄水です。兄様、こちらの方は燐さんの奥様の弥琴さんです」

　薄水は咳払《せきばら》いをすると居住まいを正し、弥琴に向かって一礼した。弥琴もおずおずと頭を下げる。

「薄水と申す。弥琴殿、この度はめでたい席にお招きいただき感謝する」

「いえ、こちらこそ来ていただき、ありがとうございます」

「燐にも挨拶をしておきたいのだが、屋敷にいるか？」

「え、ええ」

「では邪魔をする」

薄水は再度礼をし、屋敷の門をくぐっていった。

弥琴は颯爽と去っていくその背をぽかんと見送っていたが、お客様を放っておいてはいけないのでは、と気づき慌てて立ち上がる。

「弥琴さん、わたしも行きます」

伊勢も腰を上げ、連れ立って屋敷へと戻った。

薄水と伊勢と燐、ついでに自分の分の茶と菓子を用意してから、弥琴は客間の入口付近に座った。薄水の隣に伊勢のための座布団を置いたが、伊勢はそこに座ろうとせず、自ら弥琴の隣へと移動した。

「燐よ、改めてお祝い申し上げる」

向かい合って座る燐にそう言い、薄水は風呂敷に包んだ徳利を卓の上に置いた。

「頼まれていた神酒だ。一等出来のいいものを持ってきた」

「これはありがたい。おまえの酒を楽しみにしていたんだ」

「明日の祝言用だからな。今夜飲んでしまうことのないようにしろよ」

「わかっている」

弥琴も薄水へ礼を言った。

薄水は存外優しい微笑みを弥琴へ返し、燐へと向き直る。

「人の嫁をもらったと聞いたときは驚いたが……横丁のあやかしたちに聞けば、仲睦《むつ》まじくやっているとのこと。何よりだ」

弥琴はどきりとした。今しがた伊勢にふたりの関係について話をしたばかりだから か、「仲睦まじい」という言葉がやけに重くのしかかる。

「ああ、そうだな」

向けられた燐の視線から、逃れるように目を逸らした。

（まずい、あからさまだったかな。変に思われたかも）

燐に何か言われたらどうしようと焦る弥琴を、「ところで」という薄水のひと言が助ける。

「おれの妹が、何かおかしなことを言ったりはしなかっただろうか？」

また別の理由で心臓が跳ねた。

隣に座る伊勢を横目で見るが、髪に隠れ表情はよく見えない。

「おかしなこととは？」

「いや何、実は最近妹は人の男に懸想していてな。人と番った燐に感化され、余計な気を起こしてはいないかと思ったまでだ」

薄水は、先ほど弥琴に向けた微笑みとは違う鋭い視線を伊勢へ送る。伊勢は黙り込んだまま、やはりどんな顔をしているのかわからない。

「ほう、人の男へ」

「嫁に行くのは構わんが、相手が人となれば話は別だ。神が人に嫁ぐなどあってはならない。人が人のまま我らのもとへ婿入りすることもならん」

「婚姻を結ぶことだけが共にいる手段ではないさ」

「人の心は移ろいやすい。契りを交わすこともなく、どうして共にあれると思う？」

やや強い口調で薄水は言った。

燐は、自分へと向けられた薄水の視線を真っ向から受け止める。

「人の心は確かに移ろうこともある。が、離れ離れてもなお消えぬほど強い思いを抱くこともある」

ゆっくりと目を瞬かせたあとで、燐はそう答えた。

「あやかしのおまえに人の何がわかる？」

「わかるさ。おれは飼い猫だからな」

「千年も昔の話だ」

「我らにとってはそう遠い過去ではないだろう」

燐も薄水も目を逸らさず、互いを見つめていた。

ややあって、薄水のほうが先に視線をずらした。深いため息を吐く。

「すまない。おれは燐を祝いに来たのだ。言い争いなどしに来たわけではない」

「こちらこそ、お節介が過ぎたな」

「とにかくだ」と、語気を和らげながらもはっきりと薄水は言う。

「おれは伊勢にあの男と会うのをやめさせたいのだ。先のない関係など続けても傷が深くなるだけ。それくらいのことは伊勢とてわかっているはずだろうに、なあ」

薄水の問いかけに、伊勢は答えずに俯いている。

「伊勢よ、おれはおまえをいじめたいわけではないのだ。ただおまえに辛い思いをさせたくないだけなのだよ。可愛い妹の不幸を願う兄がどこにいる」

伊勢はゆっくりと顔を上げた。

薄水と同じ赤い瞳には、ふっくらと涙の膜が張っている。

「兄様……」

「嫁に行きたいのであれば、この兄がおまえに見合う相手を見繕ってやろう。いい縁があればあの男のことなどすぐに忘れてしまうはずだ」

「……嫁ぎたいわけではありません」

「ならばあの男と会う理由もないな。そら、せっかくだ、燐と弥琴殿もいる前で、もうあの男とは会わないと約束をしろ」

伊勢の目が見開かれた。すぐにでも溜《た》まった涙が零れそうだったが、それを堪えるようにぎゅっと眉が寄せられた。

伊勢は薄桃色の唇を噛む。そして、一秒、二秒と沈黙が流れたあと。何も答えることなく、ぱっと立ち上がり客間を出て行ってしまった。

「伊勢！」

咄嗟に薄水が追おうとしたが、燐がそれを止めた。

「弥琴」

「は、はい」

代わりに弥琴が伊勢のあとを追った。自分のことではないのに、どうしてか胸がはち切れそうだった。

「伊勢さん！」

屋敷を飛び出していた伊勢は、横丁の中ほどで立ち尽くしていた。祝言の支度が進められている賑やかな横丁を、伊勢はぼうっと眺めていた。

「大丈夫ですか、伊勢さん」

「弥琴さん……」

伊勢は弥琴を目に映すと、歪んだ笑みを浮かべた。そんな笑顔でもやはり美しかったが、日頃浮かべる柔らかな笑みとはまるで違った表情だった。

「大丈夫です、弥琴さん。わかっています。もう我儘は終わりです」

「……伊勢さん」

「今でさえこれほど胸が辛いのに、これ以上彼と一緒にいては本当に離れられなくなってしまうでしょう。もう、終わりにしないと」

ほろりと涙が一粒落ちる。それが栓であったかのように、滴が次々と溢れ落ちた。伊勢は顔を覆い、声も出さずに泣いた。まるで涙と一緒に秘めた思いまで流してしまおうとしているようだった。

「ねえ、伊勢さん」

丸まった背中に手を寄せる。

神様でも、人と同じだ。落ち込んだときの背中はこんなにも小さくて、自分の心すらままならない。

「わたしには、何が正しいか答えを出せません。伊勢さんに恋を諦めてほしくないけれど、薄水さんが伊勢さんを思って言うことも間違っているとは言えません」

何が正解なのか、どうしたらいいのかは、弥琴にもわからなかった。伊勢の恋心も薄水の妹を思う気持ちも、どちらも大切で、簡単に否定できるものではない。

「だから今後のことについてのアドバイスはできないけど……でも、彼に思いを伝えるくらいはしてもいいと思うんです」

伊勢が顔を上げた。

濡れた丸い目がじっと弥琴を見つめていた。

「伊勢さんたち、絶対に両思いなんでしょうけど、お互いの気持ちを伝え合っていないですよね。これからどうなるにしろ、伊勢さんの思いを春貴さんに伝えるべきだと思うんですよ。それから、春貴さんの気持ちも聞かないと」

「春貴さんの、気持ち？」

「はい。伊勢さんも薄水さんも、お相手の方の気持ちを無視しすぎなんですもん。もう会わない、終わりにしなきゃって言うけど、じゃあ春貴さんの思いはどうなるんだって話ですよ」

「それは……」

「そういえば、春貴さんっていつも決まった日に来るって言っていましたよね。それっていつですか？」

弥琴が問うと、伊勢は一瞬口ごもった。

悩んだ様子ではなかったから、恐らくこの横丁に来てからも毎日その日が来るのを数えていたのだろう。

「……今日、です」

思わず「えっ！」と大声を上げた。周囲にいたあやかしが数体振り返った。

「じゃあ早く行かないと！　もしかしたらもう待っているかもしれないですよ！」

「で、でも、なんと言えばいいか」

「好きですって伝えればいいんですよ。大丈夫、わたしも一緒に行きますから」

弥琴は伊勢の手を握った。横丁を行き交うあやかしたちの隙間を縫い、大門まで駆けていく。

「ありゃ、奥方、伊勢様も一緒に一体どこへ？」

「ちょっとそこまで。すぐに戻りますからご心配なく！」

近くのあやかしへそう告げ、弥琴は伊勢と共に白い靄の中へと飛び込んだ。行き先は福井県にある白蛇の守る山、伊勢の暮らす社だ。

出口は山の中へと繋がっていた。だが比良山の天狗の里に行ったときとは違い、ある程度人の手により整備された場所だった。

すでに社の敷地内のようだ。玉垣に囲まれており、目の前には古い木造の建造物が建っている。伊勢に聞くと、ここは本殿の裏手にあたるとのことだった。

拝殿のほうへと回り込むと、立派な社の正面と、朱色に塗られた鳥居を見ることができた。無人だと聞いていたが、管理の行き届いた清潔な社だ。

「誰もいませんね」

「よくあることです。休日になると参拝者も増えるのですが」

「そういえば今日は平日でしたね」

伊勢の相手は決まってこの曜日にやって来るらしい。山中にあるこの社へは訪れるだけでも大変だろうに、それでも日々の生活の合間に、毎週欠かさず会いにやって来る。

「あ」

と伊勢が小さく呟いた。

鳥居の向こうから階段をのぼって来る人がいた。

「伊勢さん」

その人は伊勢を見つけると、零れるような笑みを浮かべる。

「……春貴さん」

「こんにちは、待っていてくれたんですね」

歳は三十前後だろうか、特段目立つ容姿ではないが人好きのする雰囲気がある、爽やかな印象の青年だ。

彼が伊勢に恋をしていることは明白だった。その表情を見れば恋愛に疎い弥琴でさえ抱える思いに一目で気づく。想像していたとおり、やはり春貴と伊勢は思い合っていたのだ。

「えっと、そちらの方は？」

春貴の目が弥琴に向けられる。

「お友達の、弥琴さんです」

「はじめまして、日下部と申します。突然すみません」

「いえ、ぼくは黒木《くろき》と言います」

春貴の丁寧な会釈に、弥琴も大袈裟《おおげさ》すぎるお辞儀を返す。

（万が一にも変な男に騙《だま》されていたらどうしようと思っていたけど、伊勢さんの言うとおり誠実そうな人だ）

望めば人間の恋人くらいすぐに作れるだろう。それでもわざわざ三年もの間、好意を隠すこともなく伊勢に会いに来続けている。

（人間同士だったらとっくに進展しているのになあ）

そうならないのは、互いにこれが普通の恋ではないことを知っているからだろうか。

伊勢も春貴も、ふたりの未来や変化を恐れていたのかもしれない。

だが、もう変わらなければいけない。その変化がどんな未来へ進むとしても。

「あの……今日は春貴さんに、言わなければいけないことが、あって」

小さな声で伊勢は切り出した。

いつもとは様子が違うことに気づいたのだろうか、春貴は神妙に「はい」と頷いた。

「まず、とっくにお気づきとは思いますが、わたし、人ではないのです」

「それは、知っています。伊勢さんはこの神社の神様でしょう」

「は、はい。あの……嫌に思わないですか？　気持ち悪い、とか」

「神様と話をするなんて恐れ多い気もするけれど、伊勢さんは優しいひとだし、嫌だなんて思ったことはないです。それに、今さらだから」

春貴が笑い、伊勢も少しだけ口元を緩ませた。

肩で息を吸った伊勢の頬は、緊張で赤く染まっていた。

静かな境内に優しい葉擦れの音が響く。

「それで……あの、わたし」

「待って」

春貴が伊勢の言葉を遮った。

「もしもあなたが今、ぼくの望んでいる言葉をくれようとしているのなら、それはぼくから言わせてほしい」

「え……？」

「伊勢さん」

一度唇を引き結んでから、春貴は伊勢を見つめ、口を開く。

「ぼくはあなたが好きです」

驚きなどない告白だった。初対面の弥琴でさえその思いを知っていたのだから。

でも今まで、ただの一度も口にされたことのない思いだった。

「できるなら、あなたと夫婦になりたい。神様にこんなことを思うなんてそれこそ不遜なことだとわかっているし、何度も諦めようと思ったけど、どうしても、伊勢さんに会えない日々を考えることができません」

「……わたしは、人ではありませんよ」

「とっくに知っていたと言ったでしょう。あなたがたとえ人だろうと神様だろうと幽霊だろうと、ぼくの好きなひとです」

逸らされることのない春貴の視線を、伊勢も見つめ返していた。

今すぐ返事をしたいだろう。自分もあなたが好きで、ずっと一緒にいたいと。

しかし伊勢は迷っていた。自分の思いに迷いはなくても、ふたりの在り方の違い、生きる時の違いが、伊勢の返答を鈍らせる。

「わたし……」

「伊勢」

ふと聞こえた呼び声に、揃って振り返った。

弥琴たちの行き先に気づき追いかけて来たのだろう、薄水と燐がそこにいた。

「兄様」

「おまえは本当に、おれの言うことを聞かないな」

薄水は、感情の読めない冷めた表情でこちらを見ている。

「……ごめんなさい。兄様のお気持ちはわかっています」

「わかっているなら二度とその男と会うことはなかったはずだ」

身の竦むような視線が春貴へ向けられる。

一歩、薄水が踏み出そうとしたのを、しかし燐の手が制した。

「燐、なんのつもりだ」

「薄水よ、おまえが伊勢の幸せを思う気持ちは本物だろう。間違いなく伊勢にも伝わっている。だがな、自分の幸せは他者には決められない。たとえ血を分けた者であろうとも」

自分にしか決められないと、燐は言う。

「伊勢」

「は、はい」

「もう十分に悩んだだろう。おまえはどうしたい」

燐はそう問いかけた。しがらみも綺麗ごともひっくるめ、そのうえで一番に望むことは何かと。

「わたしは……」

言いかけて沈黙した伊勢の背中に、弥琴はそっと手のひらを添えた。顔を上げる伊勢に笑いかける。今なら言える気がした。きっと大丈夫だ、うまくいく。

伊勢が小さく頷いた。

「わたし、春貴さんのことが好きです。春貴さんと、大婦になりたい」

真っ直ぐに兄を見据え、伊勢は言った。

それが自分の幸福であるのだと、もう迷いはなかった。

「……」

薄水はじっと黙っていた。

もう誰も何も言わず、薄水が出す答えだけを待った。

やがて、美しい兄神が息を吐く。

白い睫毛が瞬きに揺れ、弦の鳴るような声が響く。

「駄目だ」

薄水の返答は変わることはなかった。ふたりの意思を確かめてもなお、薄水は人と神の結婚を許すことはなかった。

「だが」

玉砂利を踏みしめ薄水は春貴へ歩み寄る。

「人の子よ」

「……はい」

「伊勢を愛しているか？　その愛は真実と、このおれの前で嘘偽りなく言えるか？」

「はい。言えます」

「ならば。おまえがこの先五十年、人の身を存分に生きその身が朽ちたとき、なおも伊勢と共にいたいと願ったならば、そのときは、おまえたちが夫婦となることを認めてやろう」

春貴も、そして弥琴も眉を寄せた。春貴が死ぬときになってやっと認める、その言葉の真意がわからなかったのだ。

「要するに」

と、人間たちの困惑を察した燐が言う。

「人の身を神域に引き入れることはできない。そうしてしまえば人としての生も自我も奪ってしまうことになる。だが肉体を離れた霊魂ならば神のもとへ行ける。神のものとなり、結ばれることも」

　春貴が目を見開いた。一足早く理解していた伊勢はすでに両目いっぱいに涙を溜め、きつく閉じた薄桃色の唇を震わせていた。

　つまり。

　薄水は、伊勢と春貴の思いを受け入れたのだ。これからも一緒に過ごし、やがては夫婦となることを認めた。春貴が人生を謳歌《おうか》したあとの遠い先の未来で。

「簡単なことではないぞ。五十年という月日は人にとってはあまりに長い。その間どれだけ互いを思い続けても人の番《つがい》のようには過ごせない。おまえは他者に奇異な目で見られることもあるかもしれない」

　人にとっては途方もない話だ。もしも弥琴が春貴の立場であったなら躊躇していただろう。

　だが春貴はすでに決意を固めているように見えた。もしかしたら神に恋をしたと気づいたそのときから、覚悟などとっくにできていたのかもしれない。

「この約束でおまえの生きる道を縛るつもりはない。それは妹とて同じ気持ちだろう。もしもおまえの心が変わろうとも、我らは決して責めることも罰することもない。おまえはおまえの生を全うするまで自由に生きろ。いくつもの選択肢がある中で、それでも伊勢を思い続ける道を選ぶというのなら」

薄水は淡々と語る。されどそれは、固く交わされる長い約束である。

「老いたおまえが死するとき、我ら兄妹がおまえの魂を迎えに行こう」

充実した人生のその先で愛したひとと結ばれる。それは人によっては絶望に感じるかもしれない。また、人によっては、大きな希望となるかもしれない。

「ありがとうございます。ぼくは必ず伊勢さんを思い続けます。何十年、何百年経っても」

春貴は伊勢の手を取った。伊勢の細い指がぎこちなくその手を握り返す。

これからのふたりの未来が保証されたわけではない。ここからの道は、伊勢と春貴が選び、歩いていく。どうなるかは神にもわからない。ただ誰もが幸せな未来が訪れればと願う。

「一件落着と言ったところか」

いつの間にか燐が弥琴の隣に立っていた。燐はさほど感動している様子もなく、気だるげに腕を組んでいた。

「そうですね、なんとかなってよかったです」

「さあ、横丁へ帰るぞ。惚気《のろけ》まで聞く気はない」

さっさと歩いていく燐を追いかける。すると、

「弥琴さん」

と伊勢に呼び止められた。

「ありがとうございます。弥琴さんのおかげです」

弥琴の手を、伊勢は両手でぎゅっと握る。

「いや、お礼を言われるほどでは……わたしがしたのって伊勢さんをここへ連れて来たことだけですし」

「わたしの背中を押してくれました。弥琴さんが一緒にいてくれてよかった」

まだ涙の乾いていない目が弧を描く。人よりも冷たく、しかし確かに感じる体温が手のひらから伝わって来る。

（わたしがいる意味は、ちゃんとあったのかな）

自信はなかった。それでももし伊勢の背を押せていたのなら、弥琴自身も一歩前に進めたのかもしれないと、そう思う。

「ねえ弥琴さん」

伊勢がちらりと視線をずらした。その先には、数歩離れた場所で弥琴を待っている燐がいた。

こそっと伊勢が耳打ちする。

「弥琴さんは燐さんの本当のお嫁さんではないと言っていたけれど、わたしの目には、あなたたちの間にも確かな思いがあるように見えます」

弥琴は目をぱちりと瞬かせ伊勢を見た。

伊勢は、どんな花よりも美しく笑んでいた。

夜になると、横丁では『前夜祭』と称した大騒ぎが始められた。祝言の準備は日が暮れる頃には終わり、通りの両脇を埋める屋台には美味しそうな食べ物が山盛りになって並んでいた。

「夜のうちに食い尽くしていないといいが」

との燐のぼやきを気にするあやかしなどひとりもいない。横丁は今夜も賑やかに、我慢という言葉とは程遠い騒ぎが繰り広げられる。

燐と弥琴は横丁で夕飯を済ませると、早々に宴を抜け屋敷へと戻った。燐はともかく弥琴は並の体力しかないのだ、夜通し宴会に付き合っていては明日の祝言に支障をきたしてしまう。

風呂に入り寝支度を整えた弥琴は、燐へ寝る前の挨拶をしようと一階へ下りた。

だが燐は自室にいなかった。まだ入浴中かと風呂場を覗きに行っても姿はない。

首を傾げる弥琴の足元に、タロとジロが尻尾を振りながら擦り寄ってきた。もふもふの毛を撫でながら燐の居所を訊ねると「わふっ」と二匹は元気よく駆け出した。

「そっちは……帳場にいるのかな」

狛犬たちが駆けて行ったのは帳場へと続く内廊下だった。

タロとジロを追いかけ帳場へと向かう。が、狛犬たちが畳の上に寝そべっているだけで、ここにも燐の姿はなかった。

「燐さん、どこに行ったんだろう」

ふと、裏玄関が開いているのに気づく。この先は、幽世の門へ続いている。

弥琴は裏玄関を抜けた。すでに何度も通ったことがあるが、ひとりで通るのは初めてだった。

外は、昼も夜もない、薄暗い異空間。緩い弧を描く橋の向こうには、本当の別世界へと繋がる巨大な鳥居が建っている。

その鳥居――幽世の門のそばに燐がいた。

燐は、幽世の門の足元にそっと置かれた石碑の前で、静かに手を合わせていた。

「燐さん」

呼びかけると、燐が振り向いた。愛しいものでも見るような優しい笑みを浮かべながら。

「弥琴か、どうした？」

「すみません。屋敷に燐さんがいなかったから、どこに行ったのかと思って」

燐に手招きされ、弥琴も石碑の前に立った。

この石碑は、燐の昔の主人の墓だ。千年前、燐がまだ猫又ではなく普通の猫だった頃からそばにいた人。そして、幽世の門をつくった人だと教えてもらったことがある。燐はこの人から幽世の門の管理番を任されていた。任されてから千年、今も言われたことを守り続けている。

「主に明日の報告をしていたんだ。おまえが屋敷に来たときにも知らせてあるが、まあ祝言だからな、一応改めてと思って」

燐は、弥琴に向けたものと同じ視線を墓へ向けた。

墓には名が彫られている。千鶴《ちづる》、という女性の名だ。

「千鶴さんって、どんな方だったんですか？」

訊ねると、燐は思い出を探すように視線を飛ばした。

「そうだな……心根に真っ直ぐ芯の通った、凛《りん》とした女だ。どんなときも優しく勇ましく、そして常に誰かのために生きようとする人だった」

結婚する前、燐に「昔の主によく似ている」と言われたことがある。それは外見のことだったそうだが、中身のほうは似ても似つかないなと弥琴は思った。

千鶴は強く立派な女性だったのだ。きっと、誰もが惹かれてしまうような。

「燐さんの好きだった人って、千鶴さんですよね」

言うつもりはなかったから、口にしたことに自分で驚いた。取り消すことなど当然もうできない。

「なんのことだ？」

「……燐さん、人に恋をしていたんでしょう。だから伊勢さんの思いに共感して、応援してくれたんですよね」

燐が眉をひそめる。

弥琴は知らず、きつく両手を握り締めていた。

「……おまえの様子がどうにも変だったのはそれが理由か？　やきもちを焼いてくれるのは嬉しいが、誤解されるのは敵《かな》わん」

大きなため息を吐き、燐は「あのな」と言い聞かせるように弥琴に言う。

「確かにおれは主のことが今でも好きだが、それは家族に向ける愛情のようなものであって、恋情とはまったく別物だ」

「え、そ、そうなんですか？」

「嘘など吐いてどうする。おれは別離の苦しみを知っていると言った。だが叶わぬ恋をしていたのはおれではない」

燐はもう一度墓へと目を向けた。

そして、弥琴の知らない燐の思い出を——千年前の出来事を語り出す。

「幽世の門ができ、現世と幽世に分けられる前は、あやかしと人とがすべて同じ世に生きていた。あやかしは毎夜人を襲い、人はあやかしを悪として退治する。混沌とした時代だった」

澱《よど》んだ空気に塗れたその時代に、千鶴は生まれた。女ながらあやかしに対抗する強い力を持っていた千鶴は、若い頃からあやかし退治を生業とし、各地を旅する日々を送っていた。

千鶴は旅にお供を連れていた。親の代から飼っていた、燐という名の付いた珍しい毛色の猫だ。大事に育てられたおかげで長く生きた燐は、猫又になりかけ、人の言葉を理解し始めていた。

「旅をしていた主はその最中に、妖怪の王とも言えるあやかしに出会った。鬼だ。初めこそ敵同士として戦っていたふたりだが、やがて互いを認め合うようになり、恋に落ちた。そして主は、鬼の子を身籠った」

子は、千鶴の腹の中ですくすくと育った。元気に生まれてくるのを、千鶴も鬼も待ち遠しく思っていた。

だがその反面、不安もあった。鬼の子といえど半分人であるこの子はあやかしに襲われれば為す術がない。そして鬼の子であるがゆえに、鬼を恐れる人間たちから迫害されてしまうかもしれない。

今のこの世の中では……あやかしと人とが混ざり合い殺し合う世の中では、この子が幸せに暮らすことはできない。

「そう考えた主と鬼は、生まれて来る子が平和に暮らせるよう、あやかしと人の世を分けることに決めたんだ。人を襲うあやかしはすべて幽世に、そして現世は人があやかしに脅かされることのない世界に。そのために幽世の門を建て、それぞれ幽世と現世から門と各々の世界を守ることにした」

我が子と人々の安寧のため、ふたりはとわに離れて生きる選択をした。千鶴は子どもと共に現世で、そして鬼は幽世で生きた――。

「……主は、別離の道を歩んでもなお、あの鬼を思い続けていた。自ら選んだことだから後悔はないと言っていたが、何十年と時が経っても時折寂しさに耐えられなくなっていたことを知っている。おれは主のそばで、ずっと見ていたから」

燐が指先で千鶴の墓を撫でる。主人のぬくもりなどそこにはないはずなのに、とても大切なものに触れるかのような仕草だった。

「おれは主に、好いた男と添い遂げてほしかったんだ。他の誰でもなく、自らの幸福のある道を選んでほしかった」

燐は弥琴を見た。

ここにはない月のような、燐の瞳を見つめ返す。

「燐さん、だったら、今歩いているこの道に、燐さんの幸せはありますか？」

うか。

「わたしは逃げ道として燐さんとの結婚を選びました。いくら仮のお嫁さんって言ったところで、今燐さんと一緒にいるのは確かで……こんなわたしを妻として、燐さんは本当にそれでいいんだろうかって」

迷いを振り払い結婚を決めたはずなのに、結婚生活を送るごとに迷いは増していく。これでいいのだろうか。自分はどうしたいのだろうか。燐はどう思っているのだろうか。

「……どういうことだ？」

——あなたたちの間にも確かな思いがあるように見えます。

伊勢はそう言っていたけれど。

「なるほどな、それも理由のひとつか」

燐が困ったような顔で笑う。

「ならば弥琴はどうだ。今幸せではないか？　この黄泉路横丁で、あやかしであるおれの嫁として生きる今の日々は、不幸せか？」

弥琴は答えられなかった。悩んだわけではなく、その問いへの答えがとっくに決まっていたことに驚いてしまったからだった。

自分はどうしたいのだろうと問い続けていたつもりが、結局は相手の思いばかりを量ろうとしていた。悪い癖だ。きちんと自分と向き合ってみれば、もう望む答えなど